なけなしの抗議の声は、食むようなキスに奪われた。今度は濃密に口腔内を貪られ、抗いがたい熱を植え付けられる。

ヤクザに嫁《よめ》入《い》り

妃《ひめ》川《かわ》 螢《ほたる》

ILLUSTRATION：麻《あ》生《そう》 海《かい》

ヤクザに嫁入り

LYNX ROMANCE

CONTENTS

ヤクザに嫁入り

1

警察学校時代には、同期一の俊足といわれた足で、住宅街を駆け回る。

通りはもちろん、野良猫の通り道と思《おぼ》しき細い路地から植え込みの陰まで、目を皿のようにして小さな影を探し回る。

「どこ行ったんだよ、ふたりともっ」

目印は、紺色の幼稚園の制服。ベレー帽をかぶった、まったく同じ背格好の男児と女児。女の子のほうは、のばした髪を耳の後ろでツインテールにしている。ウサギさんマスコットのついた髪ゴムは、今朝女児が自分で選んだ。

子どもの足で移動できる距離などたかが知れている……と、安易に捜索範囲を絞ることはできない。昨今、捜索願が出されたのち無事に発見された事例のなかには、幼い子どもが思いがけない距離を移動していた例がみられる。

「惟《ゆい》！　櫂《かい》!?」

かわいい姪《めい》っ子と甥《おい》っ子は、もはや遥風《はるか》にとってたったふたりの肉親だった。幼子にとっても、歳若い叔父がもはや唯一頼れる大人だ。

それは戸籍上ゆるぎない事実で、遥風がふたりの安全に責任を負うのは当然のこと。

いくら捜査一課の刑事が多忙を極める職だったとしても、親代わりとしての責任は果たさなければならない。

それはわかっているのだが、現実はそうそう理想どおりにいかないもので、遥風は先日の事件を脳裏に思い起こしつつ、双子の姿を探した。

幼稚園へのお迎えが連絡もなく遅くなって、眉《まゆ》を吊《つ》り上げた園長に叱《しか》られたのだ。それも十分二十分の遅刻ではなく、三時間。連絡のとれない保護者を心配しつつ、食事までとらせてもらっていたと聞かされれば恐縮する以外に反応のしようもない。

だが、遥風にも言い分はあった。一度帳場——捜査本部に投入されてしまえば、帳場の立つ所轄に泊まり込みで捜査にあたるのが当然で、独身となればなおのこと、着替えを取りに戻る以外に帳場を離れることは許されない。そういう決まりになっているわけではないが、そういう空気がある。警察というのは、古めかしい慣習に染まった絶対的な指揮系統を持つ上意下達の組織なのだ。

そんな、誰に愚痴ることもできない内容をつらつらと思考に垂れ流しながらも、求める姿を探しつづける。

捜索範囲を広げたほうがいいだろうか……と、思いはじめたタイミングだった。

聞き覚えのある声を、鼓膜が拾った。入り組んだ路地の奥から届いたかすかなそれは、求める存在が発したものに間違いない。

「惟！　燿⁉　どこに――」

視線をぐるっと巡らせて、時間貸し駐車場の向こうに、その光景を見た。

――……っ⁉

小さな影の脇《わき》に、長身。

園児服を着た双子に何やら話しかける、大人の男だ。その手が、双子の頭に伸ばされる。

脊髄《せきずい》反射で駆け出していた。

「その手を離せ！」

叫んで、男を突き飛ばすように双子の前に出る。大きな目を驚きに見開く双子をぎゅっと抱きしめて、蹈鞴《たたら》を踏んだ長身を睨《にら》み上げた。

「うちの子に、なんの用だ⁉」

睨み上げた目が、次いで驚きに見開かれたが、遥風は瞬時にそれを取り繕った。

上質な三つ揃《そろ》えのスーツ、左手首には詐欺事件の押収品でしか見たことのないハイブランドの高級腕時計――遥風が見たのは偽ブランド品だったが――顔が映りそうなほど隙《すき》なく磨かれた革靴。

それだけなら、庶民的な住宅街には不似合いなエリートビジネスマンが、親とはぐれた幼子に気づいて声をかけてくれただけだと思ったかもしれないが、そうしたプラスイメージを台無しにする特徴的な顔が、三つ揃えのスーツを完璧《かんぺき》に着こなす肉体の上に乗っていた。

いや、顔というより、目つきだ。

睨むわけでもなく睥睨《へいげい》しているだけなのに、やたらと迫力がある。鋭い眼光、意志の強そうな眉、引き結ばれた薄い唇には咥《くわ》え煙草《タバコ》。遥風の脳内で警報が鳴り響いた。

警戒心を剝《む》き出しにする遥風を一瞥《いちべつ》して、たぶん遥風よりひとまわりほど年上だろう長身で強面《こわもて》の男が、双子に視線を向ける。

同じ顔をした男女の双子は、大きな瞳《ひとみ》で遥風とは対照的に興味津々と男を見上げている。自分の膝《ひざ》ほどの丈しかない幼子に、男は無遠慮に言葉を落とした。

「おいガキ、こいつはおまえらの親か？　保護者か？」

今度は間違いないか？　と聞かれて、腕のなかの双子がこくんと頷《うなず》く。

「そうか」

そいつはよかったと男がひとり合点して頷く一方で、遥風は眉を吊り上げた。

――ガキだって……っ!?

風貌《ふうぼう》のみならず口調からも、チンピラ認定確定だ。

「なんだ、貴様――」

不審者め！ と、双子を背に腰を上げる。

「ちょっと話を聞かせてもらいましょうか！」

胸ポケットから取り出した、その昔は警察手帳と呼ばれていた身分証を開いて、男の眼前につきつける。日本人なら誰でも知っているエンブレムの下に記載されているのは、所属と階級と名前――警視庁、巡査、木野崎《きのさき》遥風と記載されている。

男の片眉が、ピクリと反応した。

逃げられると思うなよ……と、拳《こぶし》を握る遥風を見やって、「……女か？」と男が呟《つぶや》く。男がなぜそう思ったかは明白だった。名前だ。名づけてくれた亡き父にはもうしわけないが、幼少時から名前にコンプレックスを持っている遥風は、カッと頭に血を昇らせた。

「男だ！」

その目は節穴か！ と叫ぶ。

強面の男は、煙草を咥えた唇を愉快そうに歪《ゆが》めた。口角を上げるだけの笑い方は、顔の造作が整っていないとさまにならない。強面だが、男は間違いなく二枚目だった。

「身分を証明できるものをお持ちですか？ 免許証か保険証か――」

なんだこいつ！ と思いながらも、決まり文句を紡ぐ。

本庁勤務になって間がない遥風だが、卒配——警察学校を出てすぐの配属をこう呼ぶ——は御多分にもれずの地域課だったから、交番勤務時代に職務質問には慣れている。

身分証をしまい、男が逃亡をはかったときには咄嗟《とっさ》に腕を掴《つか》める距離に詰めて、かなり高い位置にある強面を見据える。

その遥風のスーツの袖口《そでぐち》が、左右からつんつんと引っ張られた。

「はるちゃん……」

おとなしい弟の櫂の呼びかけに、小さな身体《からだ》を抱き寄せつつ返す。

「大丈夫だよ、もう怖くないからね」

言いながらも、目の前の男から視線を外すことなく睨み据える。余裕の態度を崩さないチンピラは、興味深そうな視線をこちらに向けている。

「はるちゃん」

今度は、しっかり者のお姉ちゃんの惟が遥風の袖を引っ張った。

「知らない人に声をかけられてもついてっちゃダメって教えただろう？　こんな怖い人に——」

気弱な櫂はともかく、惟が一緒にいてどうしてこんな男に……と、言い聞かせようとした言葉を、聞き慣れない強い口調にさえぎられた。

「はるちゃん！」

双子の声が、ひときわ大きくユニゾンで遥風を呼んだのだ。

「……？　なに……」

驚いた遥風は、どうかしたのか、と視線を落とす。双子のつぶらな瞳が、一方は不服げに、一方は困惑を浮かべて、遥風を見上げていた。

「はるちゃん……」

あれ……と、櫂が路地の向こうを指さす。

「え？」

目を凝らした先に見たのは、集合住宅のゴミ置き場に意識を失って倒れ込む、薄汚れたジャージ姿の若い男だった。

遠目ではあるが、両目とも二・〇の遥風の目には男の風貌がはっきりと見て取れる。一見すると、二十代半ばの遥風よりだいぶ年上に見えるが、それは自分自身をメンテすることに一切の時間を割かない生活をしている人間によくある老け具合であって、実際は遥風とさして変わらない年齢ではないかと思われた。

よく見ると、顔を盛大に腫《は》らしている。呻《うめ》き声が聞こえるから、死んではいないようだが、半ば意識を失って動けない状態にあるようだ。

「このおじさんがたすけてくれたの」

惟がハキハキとした口調で言った。その指は、咥え煙草の強面の男を指している。

「おじ……、おい」

園児におじさん呼ばわりされた男は、一瞬眉を吊り上げたものの、子ども相手に言ってもしょうがないと思ったのか、すぐにつづく言葉をひっこめた。

「あのへんしつしゃが櫂のてをひっぱったの！　そしたら、このおじさんがワンパンでのしちゃったの！」

女の子がいったいどこでそんな言葉を覚えてくるのかと、説教したい気持ちはひとまず横に置いて、遥風は惟の説明を嚙《か》み砕く。

「え？　あっちが変質者？」

ゴミ置き場に倒れ込んで動けないでいるジャージ姿の男と、目の前の強面の男を交互に見やって、遥風は脳内で情報を整理した。

「このおじさんはわるいひとじゃないよ、はるちゃん」

櫂が泣きそうな声で言って、遥風の太腿《ふともも》あたりにきゅっと抱き着いた。遥風が自分たちを助けてくれた咥え煙草の男に警戒心を剝き出しにして対峙《たいじ》したことに、気づいているのだ。

「え……っと」

左右から双子が、遥風のスーツの裾《すそ》を引っ張る。

目の前には、無言で煙草を吹かす強面の長身。

遥風はようやく、自分の失態を理解した。

「も、申し訳ありません！」

ガバッ！　と頭を下げ垂直に腰を折る。

「助けていただいたのに大変な失礼を……っ」

ありがとうございました！　と、誠心誠意詫《わ》びると、男は紫煙を吐き出して、「親ならガキから目ぇはなすんじゃねぇよ」と、見た目にそぐわぬ苦言をよこした。

自分に向けられた嫌疑に不快感を唱えるでもなく、保護者としてあるべき姿にのみ言及する。善意の民間人を犯罪者扱いするのか！　と怒鳴られてもしょうがない状況でのこの指摘は、遥風の心に突き刺さった。

「……っ、はい」

警察官にあるまじき。見た目で人を判断するなんて……と自己嫌悪にさいなまれつつ、その言葉を聞く。

「その若さでこんなガキの面倒《めんどう》見てるからには事情があるんだろうが、ガキにとって親はひとりだ」

「……はい」

弁解の余地もない。

申し訳ありませんと詫びの言葉を重ねる以外に返す言葉もない。

すると、先ほどは遥風の態度を責めた双子が、今度は強面の男に不満を向けた。

「はるちゃんはパパだけどパパじゃないわ！」

「はるちゃんはわるくないもんっ」

櫂は遥風の太腿にしがみついたままだが、怖いもの知らずの惟は、ずんずん男に歩み寄って、首が痛くなるのでは？　という角度でその強面を睨み上げる。

その微笑《ほほえ》ましい様子に、遥風は泣きそうになった。

「惟……櫂……」

園児の主張に、男は眉をひそめ、「パパじゃないのか？」と尋ねる。

「パパよ！　いまはね！」

惟が、なにいってるの！　と腰に手をあてて憤慨した。こまっしゃくれた様子に、咥え煙草の口元を緩めて男が笑う。

「ずいぶんと可愛《かわい》いパパだな」

「あたりまえよ！　はるちゃんだもん！」

実に子どもらしいまったく意味の通じない反論にも、強面の男は「そうか」と笑うのみ。くくっと喉《のど》の奥で愉快な笑いを転がしている。

当初に遥風が抱いた印象とは正反対に、子どもに向ける視線はおだやかで、笑みを浮かべると途端に、強面はワイルドな二枚目にかわる。

双子を助けた直後だったから、向こうは向こうで遥風を警戒していたのかもしれない。だからこそ、双子に「本当に親か？」と尋ねたのだ。

「ゆ、惟……」

これ以上、恥の上塗りは避けたい。

一般人同士でもどうかと思うのに、自分は公僕だ。公僕の身でありながら、これ以上市民に迷惑はかけられない。

「すみません、失礼を……」

双子を自分に引き寄せ、重ね重ね……と、またも詫びの言葉を口にする。

頭上から、ふっと笑みが落とされて、何を笑われたのかと遥風が顔を上げるまえに、後頭部に人の体温を感じた。

「がんばれよ、お巡りさん」

ぽん……と頭にのせられる大きな手。

くしゃり……と髪を掻《か》き混ぜるように撫《な》でて離れる。

――……っ。

頭を撫でられたのなんて、いったいいつ以来だろうか。両親が生きていたころ？　姉とふたりになってから、姉に撫でられたことがあったかもしれないが、あったとしても干支が一周巻き戻るくらいには昔のことだ。

啞然《あぜん》としつつ顔を上げると、笑みを湛《たた》えた切れ長の目とぶつかった。だがそれも一瞬、男は背を向けてしまう。

去り際、「ああ」と思い出したように一度足を止めて、長身の男はごみ置き場を親指で示した。

「アレの始末、適当に頼む」

そういって、大股《おおまた》に路地を抜けていく。大通りに出たタイミングで、まるで一部始終を見ていたかのように黒塗りの高級車が滑り込んできた。

スリーポインテッドスターを掲げる海外メーカーのなかでも、最上位車種であることを瞬時に見抜く。これも地域課勤務時代に培ったスキルだ。

運転席から降りたドライバーが、慇懃《いんぎん》に腰を折り、白手袋をはめた手で後部シートのドアを開ける。それに頷くだけで返して、男は車に乗り込んだ。

「しゃちょうさん？」

櫂のなかには、運転手付きの車に乗っている人イコール偉い人、偉い人イコール社長さん、という図式があった。

「イケメンしゃちょうね！」

惟がうっとりと言う。幼稚園児だろうが女は女だと、誰かが言っていたが、まったくマセていて困る。

車が走り去るのを呆然《ぼうぜん》と見送ったあとで、遥風は「あぁっ！」と大きな声を上げた。双子が驚いた顔を上げる。

「……名前きかなかった」

大切な子どもたちを助けてくれた人の名前くらい、どうして訊いておかなかったのか。

後の祭りでしかないことを嘆息とともに吐き出して、遥風は官給品の携帯電話を取り出し、コールする。

「パトカーを一台まわしていただけますか？　自分は本庁捜査一課の木野崎巡査です」

オペレーターに依頼して、所轄署から警察官が駆け付けるのを待つ、その間に、片膝をついて双子と視線を合わせ、「あのおじさんのことは内緒だよ」と念押しした。

適当に……というのは、ようは面倒に巻き込まれたくないという意味だ。あの車から想像するに、社会的地位のある人物に違いない。警察とはかかわりたくないのだろう。

「どうして？」と不思議そうにする糴に、「あのおじさんは正義のヒーローなんだ。素性をあばかれたくないんだよ」と、子ども向けの理由をでっちあげて返す。

双子は顔を見合わせたあと、なんとも大人びて見えるしたり顔で、「そーゆーことにしといてあげる」とユニゾンで答えてくれた。

木野崎遥風が姉の風花《ふうか》とふたり暮らしになったのは、高校生の時だった。警察官だった父親が強盗犯を追跡中に殉職したためだ。母は遥風が小学校に入ってすぐのころに病死していたため、その当時から姉が母親代わりに遥風の面倒をみてくれた。

その姉夫婦の事故の一報を受けたのは、四カ月前のことだった。地域課で交番勤務についていた遥風に、所轄署の交通課から直接連絡が入ったのだ。

被害者の身元照会をすれば、弟が警視庁勤務であることはすぐにわかる。亡父が警察官だったことも、同時に知れただろう。警察とは、そういう組織だ。それもあってか、遥風に連絡を寄越したのは、事故処理を担当した所轄署の交通課長だった。あとから聞いた話だが、亡父と生前に面識があったらしい。

相手のない、自損事故。

誰かを巻き込まなくてよかったと思う反面、常に安全運転を心がけていたはずの義兄がなぜ？　という思いが湧《わ》いた。

信号はないものの、見通しの良い四辻《つじ》の事故現場に立って、ますます疑念が沸いたけれど、ハンドルを切り損ねたための自損事故という結論を出した交通鑑識を疑う明確な理由もなく、ただただ理不尽さを抱えたまま、遥風には「どうして」と呟くしかできなかった。

哀《かな》しみに暮れる暇もなく、あわただしく通夜と葬儀を終えた遥風には、大きな責任が残された。それが、双子の姪っ子と甥っ子――惟と櫂だ。姉夫婦が遺《のこ》してくれた、もはや遥風にとって唯一……いや、たったふたりの家族だった。

警察官は多忙な職だ。若いうちは所轄署の敷地内に建てられた待機寮住まいがあたりまえで、公私の区別はほぼない生活を強いられる。地域課の交番勤務は三交代制で、刑事部などに比べれば休みは取りやすいが、有事の際には公休だろうがお構いなしに駆り出される。

待機寮を出て、姉夫婦が住んでいたマンションに居を移し、双子を引き取って一緒に暮らすことにした。地域課の仕事に不満はなかったし、いずれは刑事課にという希望を持ってはいたが、幼子の生活にはかえられない。家族の縁が薄いがゆえに、たったふたり遺された血縁者との時間を大切にしたい気持ちのほうが強かった。

人事課に事情を話し、できれば内勤に異動させてもらえるように希望を出した。異動の希望がかならずしも通るわけではないが、のっぴきならない事情がある場合は聞き入れられる可能性が高いと聞いていた。

　三交代制の交番勤務は、事情を知る同僚たちが気を遣ってくれ、少し早めに帰らせてくれたり、勤務を交代してくれたりして、突然双子の親代わりをすることになった遥風をフォローしてくれた。先輩警官も同期も、皆気のいい人だった。

　睡眠時間を削って、仕事と双子の世話に明け暮れた。幼稚園への送り迎え、お弁当づくり、もちろん日々の家事炊事も。

　もう無理、もう限界だ……と思ったタイミングで、辞令が出た。これでようやく定時に帰宅可能な内勤に異動できる！　と喜んだのも束《つか》の間《ま》、辞令を目にした遥風は、上司のデスクのまえで固まった。

　事情を知る上司は、「すまんな」と申し訳なさそうに遥風を気遣ってはくれたものの、辞令を覆すことはできないと言った。すでに掛け合ったあとだったに違いない。それでも、人事課は状況を考慮してくれなかった。

　これは、辞めろということだろうか。

　面倒な事情を抱えた職員はいらない、ということだろうか。

　そんな卑屈な考えが過《よぎ》って、どっぷりと落ち込んだ。だが、落ち込んでいる余裕すら、遥風にはなかった。

　子育てがいかに大変なものか、自分を生んでくれた亡母と母親代わりに育ててくれた亡姉に感謝しつつも、正直投げ出したい気持ちでいっぱいになっていた。

だが現実問題として、投げ出せるわけがない。

そして、警察をやめることもできなかった。

独身の若輩者が突然双子の親になったのだ。社会的保障だけでも確保しなければ、生活などできない。そういう意味で公務員である警察官は、社会的に立場も保証されているし、子どもたちのためにもなると考えた。

だから、警察官の職にしがみつくことにした。

異動先は、刑事部捜査一課強行犯係——つまり、刑事ドラマなどで一番多く目にするだろう、殺人事件を追う刑事だ。

本庁捜査一課の刑事は、なりたくてなれるものではない。推薦してくれる人がいて、人員に空きがあって、事実優秀な人材でなければ登用されない。スーツの襟にいただくＳ１Ｓ——Search 1 Selectの刻印も眩《まぶ》しい赤いバッジは本庁捜査一課の刑事にのみ身に着けることが許された身分証明であり、刑事を目指す警察官の憧《あこが》れだ。

事実、遥風も警察学校に入る以前から憧れていた。

だからといって、なにもこのタイミングでなくても……というのが正直な気持ちだったが、愚痴っていてもはじまらない。

捜査一課にも、事務を担当する内勤の仕事がある。そういう担当にまわされたのかと期待を過らせもしたが、配属先は強行犯捜査六係。人事課は、遥風の希望を一顧だにしてくれなかったようだ。

配属初日、班員へのあいさつもそこそこに臨場要請が入り、帳場の立つ所轄署に出向くことになったのは、不運だとしかいえない。

父親も警察官で、自らの意思で同じ職につくことを望んだ遥風だから、犯人を憎む気持ちは強く、市民のため正義のため、という思いは人一倍だ。——が、それもこれも、私生活が成り立ってこその理想論なのだと、配属早々に思い知らされる結果となった。

希望とは真逆の異動辞令が出た理由は単純明快、空きが出たためだった。

だったら、自分じゃなくても捜査一課に異動したい人間はいくらでもいるだろうと言いたいところだが、手垢《てあか》のついていない人材がいいという係長の希望が聞き入れられた結果、所轄署の刑事課からの引き上げ登用ではなく、地域課所属で異動希望を出していた遥風に白羽の矢が立った、ということらしい。

どうやら、希望勤務地として姉夫婦が遺したマンションに近い場所を希望していたのがいけなかったようだ。

いくつかあった異動先候補のなかで、本庁の立地が一番その希望にかなっていたのだ。

なんてことだ……と頭を抱えても今更、捜査一課への異動を嫌がる警察官などいるはずがないと羨《せん》望《ぼう》の眼差《まなざ》しを向ける同僚たちの手前、本心を口にすることもできないまま、遥風は所轄署の地域課勤務から、本庁捜査一課へ刑事として異動した。

それが先月のこと。

姉夫婦を失って、突然双子の親になったとき以上の怒濤《どとう》の日常がはじまった日でもあった。

悲しんでいる暇もない。それが遥風の本音だ。


子どもたちを探して駆けずり回ったことで、体力以上に精神力を消耗した遥風に、子どもたちのために食事をつくって、また捜査本部に戻る気力はなく、帰宅途中にある洋食店に立ち寄った。

ほかの客の迷惑にならないように隅の席を選んで、壁際にふたりを座らせる。そんな心配をしなくても、双子が食事の最中に落ち着きをなくしたり、席を立って店内を走り回ったり、大きな声でしゃべったりすることはないのだけれど、それでも念のためだ。

ファストフード店やファミレスであっても容認されることではないと思うのに、落ち着いた雰囲気の洋食店とあってはなおさら、周囲に気を配っても配っても、配りすぎることはない。

「お子様ランチは……ないか」

メニューを開いて呟く。その横で惟が「ビーフシチュー」、權は「デミグラスハンバーグ」と、遠慮のない注文を口にした。

子どもだと思って舐《な》めていると痛い目を見る。

「オムライスとかパスタとかじゃなくていいのか？」

自分の幼少時を思い出しつつ尋ねる。

「オムライスはママのがいちばんおいしいもの」

「パスタもママのがいちばんおいしいよ！」

双子の返答にうっかり瞼《まぶた》の奥を熱くしながらもこらえて、惟のビーフシチューと權のデミグラスハンバーグ、そして自分のカツカレーをオーダーする。ボリュームのあるものを胃に入れていないととても体力がもたない。

「はい、手を合わせて」

「いただきます！」

姉の躾が行き届いているふたりは、遥風がするのをまねるまでもなく、ちゃんと手を合わせて「いただきます」をしてからフォークを手にした。

男女の双子で二卵性のはずなのに、惟と權はそっくり同じ顔をしている。

亡姉の言葉によれば、幼いころの遥風によく似ているのだそうだ。遥風の目には、ふたりとも亡姉にそっくりに映る。ようはよく似た姉弟だったということだ。

遥風の言葉にこっくりと頷く仕種《しぐさ》までシンクロしたかに同じなのに、双子の性格は正反対。快活な惟と気弱な櫂。主導権はいつも姉の惟にある。

「熱いから気をつけて」

ビーフシチューもデミグラスハンバーグも、火傷《やけど》の危険の高いメニューだ。

「はるちゃん、ふーふーして」

遥風が注意すると、櫂が切り分けたハンバーグをフォークに刺して、遥風のまえに突き出した。それを見た惟が、スプーンでビーフシチューをすくって、同じようにテーブルの向かいに座る遥風の口元に差し出す。

「火傷しないようにな」

頷いて、湯気を立てるビーフシチューとハンバーグに、息を吹きかける。数度そうして遥風が頷くと、双子はやっぱり同じ所作で、おのおのスプーンとフォークを自分の口へ運んだ。

「おいしい!」

「おいしい～」

よほどおいしかったのか、口に入れた途端に、ふたりは顔を見合わせて大きな目を見開く。

送り迎えの途中にある店で、以前から気になってはいたのだが、入ったのははじめてだった。あたりかもしれない。

ふたりの旺盛《おうせい》な食欲に胸中で安堵《あんど》して、自分もフォークをとる。スープカレーは別として、普通のカレーはフォークで食べる。木野崎家の習慣だ。

カレーをまとったカツの載ったごはんを頬張《ほおば》ると、スパイスの香りがふわりと鼻に抜ける。家庭のカレーともインドカレーとも違う、濃厚なルーにさっくりと揚がったカツのバランスが絶妙だ。

「うん、うまい」

遥風が頷くと、双子は嬉《うれ》しそうに微笑んだ。

「はるちゃん、わけっこしよ」

櫂がハンバーグの載った皿をずいっと遥風のほうに押す。つぶらな目がカレーも食べたいとおねだりしていた。身内には思っていることを言えるのに、外に出ると惟の後ろに隠れてしまうのが、不思議でならない。櫂はおねだり上手だ。

「いいよ。でも辛いから気をつけるんだぞ」

まずは少しだけ味見してみるように言う。スプーンに一口分のカレーをすくって「あーん」と差し出す。櫂は神妙な顔でえいっとスプーンに食らいついた。

「おいし……、……っ！　から～い！」

おいしい！　と言いかけて、途中で顔を歪める。惟は、ビーフシチューをゆっくりと味わいながら、言わんこっちゃない、とでも言いたげな顔で弟を見ている。

「だから言ったろ？　大丈夫か？」

「うん」

水を飲ませると、余計に刺激が広がることがある。ジュースか何か……とメニューに手を伸ばそうとしたら、テーブルにことり……とグラスが置かれた。

「どうぞ、可愛い双子ちゃんにサービスよ」

店のおかみさんだろう、中年の女性がオレンジジュースの入ったグラスを惟と櫂のまえに置いた。甘い飲み物のほうが、スパイスの刺激を緩和してくれる。

「ありがとうございます！」

常連客でもないのに……と恐縮すると、「その制服、信号のところの幼稚園でしょ？」と返された。

「うちの孫も通ってたのよ」

双子が着ている園児服を見て、なつかしさを覚えたのだろう。微笑まし気に言う。

「若くてカッコいいパパでいいわねぇ」

おかみに微笑まれて、ふたりは「ありがとうございます」とジュースの礼を言ったあと、助けてくれた男性に言ったのとほとんど同じ言葉を返した。

「はるちゃんは、パパだけど、パパじゃないの」

「はるちゃんは、はるちゃんだよ」

同じ顔で、交互に言う。おかみは「パパじゃないの?」と首を傾《かし》げた。客商売について長いからだろう、小さな子どもの扱いにも慣れている様子だ。

「姉の子なんです」

遥風が補足すると、おかみは「だからよく似てらっしゃるのね」と目を細めた。

「はるちゃんは、パパになったばっかりなの。すこしまえまではパパじゃなかったの」

惟がはきはきと返す。

余計なことまでしゃべらなくていい……と胸中で焦る遥風をよそに、櫂も「パパになったんだよ」と姉に同調した。

怪訝《けげん》そうな顔をするおかみに、初対面の相手に話すようなことじゃないのに……と思いながらもしかたなく、「姉夫婦が亡くなったもので」と理由を告げた。独身の自分が父親代わりをすることになったのだと付け加える。

「まぁ……」

おかみは驚いた顔で遥風を見たあと、眉尻《まゆじり》を下げて双子に視線を向けた。多くを語らずとも事情は察せられたのだろう。その上で、双子の着る園児服を見て、「あそこ、融通きかなくて大変でしょう?」と、声を潜めた。

「……？」

「幼稚園。うちの孫もね、上の子はあそこに通ってたんだけど、息子夫婦も店をやってて共働きでね、迎えの時間とか厳しいし、とても無理で、下の子はもっと融通を利かせてくれるところにあずけたのよ」

ひとりで双子を育てようとしている若者が、余計な負担を強いられているのではないかと心配してくれたようだ。

姉が双子のために選んだ園のようだが、たしかにおかみの言うとおり、あれこれ厳しく、親への要求の多い園、という印象だ。

高い教育理念を掲げている園のようで、人気が高く、入園時の倍率はたいへんなものらしいが、親にもその教育理念についていく覚悟が必要となる。園に求められるまま子どものために時間を割ける環境であればいいのだろうが、おかみの言うとおり、共働き夫婦には厳しいと思われる。遥風にも無理だ。

「会社の保育施設とかないの？　専業主婦の奥さんがいるなら話は別だけど、ひとりで全部やるんじゃ、もっと融通の利くところに移ったほうがいいかもしれないわよ」

子どもたちはお友だちと離れることになってしまって寂しがるかもしれないけれど、でも背に腹は代えられないだろうと心配してくれる。

長年この土地で常連客を相手に商売をしている店ゆえの、アットホームな気配りだった。おせっかいととる人もいるだろうが、もともと家族の縁薄く育った遥風には、ありがたいと思う気持ちしか湧かない。

「そうかもしれないですね」

考えてみますと返すと、おかみはまだ話し足りない様子で口を開きかけたが、別のテーブルから「すみません」と声がかかって、名残惜しそうに遥風たちのテーブルを離れた。

「はるちゃん、おなかいっぱい」

耀が早々にギブアップする。惟に比べて耀は食が細い。こういうことがあるから、自分の分のオーダーは調節する必要がある。とはいえ遥風は体力勝負の刑事だから、少々食べ過ぎたところでメタボを気にするような年齢でも生活でもない。

「惟、ハンバーグ少し食べるか？」

耀が残したハンバーグを切り分けながら聞くと、惟があーんと口を開ける。ひな鳥が餌《えさ》を待つような様子には、毎度眦《まなじり》が下がる。

「はい、よく嚙んで食べるんだよ」

惟の口に小さめの一口サイズのハンバーグを押し込んで、残りは自分が片付ける。

「デザート食べるか？　プリンとかアイスとか、あるぞ。それとも駅ビルのジェラート屋さんに寄るか？」

姉はとことん子どものことを考えてマンションを購入したらしく、最寄りの駅ビルには、小さな子どもにも安心して与えられるナチュラルな素材で作られたジェラートがウリのスイーツショップが入店しているのだ。

「じぇらーと！」

ふたりがユニゾンで答える。

それに頷いて、ハンバーグの最後の一口を口に運ぼうとして、手を止めた。惟の視線に気づいたためだ。

「ほら、もう一口」

食べさせすぎかと思いつつも、美味《おい》しいものは美味しくお腹《なか》いっぱい食べるに限ると結論づける。

とうにビーフシチューを平らげていた惟は、満足げにハンバーグを咀嚼《そしゃく》した。弟の耀と比べて、惟は胃腸が丈夫で食欲旺盛だ。

レジで支払いをするときに、さきほどのおかみが「これ、さしあげるわ」と、一枚の紙を差し出してきた。それは、民間の保育施設の利用料金表だった。

「ときどき訊かれるから、息子夫婦に言って、園からもらってるの」

おかみの下の孫が通っていたという、例の融通の利く園の案内らしい。

働きたいけれど子どもを預けられる場所がない、子どもを預けられなければ働けない、と悩む若い夫婦は多いのだろう。店に立ち寄る客の会話のなかに、そうした声を多く聞くのかもしれない。おせっかいだが、そのおせっかいが温かい。

「ありがとうございます。参考にさせていただきます」

礼を言って受け取る。

転園が簡単にできるものかわからないが、仕事とのかね合いでどうにもならないのなら、考えなければならない。

姉夫婦の訃報を聞いたとき、養護施設に預けることもできると言われたが、絶対に嫌だ自分が育てると拒否した。血のつながった叔父の自分がいるのに、施設に預けるなんてできるわけがない。自分を育ててくれた姉に申し訳が立たない。

「また来てね」

店の外まで出てきて、おかみは手を振って見送ってくれた。双子も小さな手を振り返す。

こんな温かい人間関係だけで社会が成り立っていたら、自分は暇でいられるのに……と思った。捜査一課の刑事は数百人の大所帯だ。その数字が、社会の歪みを表しているように感じられた。

結論から言って、惟と櫂は洋食屋のおかみが教えてくれた民間保育所に移ることになった。

お友だちと離れることになるのを遥風が詫びると、双子は左右からぎゅっと抱きついてきて、「はるちゃんがいてくれればいいよ」と言ってくれた。

洋食屋のおかみの説明に誇張はなかったようで、双子を受け入れてくれた保育所の園長は、遥風が恐縮気味に口にした希望のほとんどを呑《の》んでくれた。

たしかに料金はそれなりにする。だが、幼い子どもだけで留守番をさせるわけにはいかないし、何より時間の読めない刑事の職が子育ての邪魔をする。助っ人を頼める恋人もいない。かといって、将来的なことを考えると、退職は考えられない。今ふんばって、隙を見てもう一度人事課に掛け合うのが妥当だと遥風は結論づけた。

「ご事情はわかりました。でも、ふたりにとってはもはや叔父さんだけが家族ですから、できるだけふたりと過ごす時間をつくってあげてくださいね」

入園届を提出したときに、園長に念押しされた。

「はい」と頷いたけれど、難しいのはわかっていた。

配属間もないぺーぺーの刑事に、自由など与えられるわけがない。それでもやるしかない。幸い体力には自信がある。まだ若い。ふたりが小学校に上がれば多少楽になるはずだ。それまでの数年、ふんばればいい。

「三人でがんばろうな」

遥風の言葉に、ふたりはこっくりと頷いた。

2

本庁捜査一課に所属する強行犯係は、帳場――捜査本部に臨場している班と、いつ臨場要請が入ってもいいように本庁で待機している班と、そして自宅待機――ようは休暇の班とにわかれる。

帳場が解散になれば自宅待機という名の短い休暇が与えられるものの、他班が臨場すればすぐに本庁待機に移る。本庁待機中は、主に書類仕事に追われることになる。刑事は恐ろしく大量の書類提出を求められる職で、とにかく報告書の類《たぐい》が多い。

だが、本庁待機中はだいたい定時に帰れるから、遥風にはありがたい期間だ。ひとたび帳場に駆り出されれば、所轄署に泊まり込むことになるから、ほとんど家に帰れなくなる。そういうときは園に連絡を入れて、延長保育で双子をぎりぎりいっぱい預かってもらう。それでもお泊りというわけにはいかないから、ほとんどないといっていい睡眠時間を削って園に駆けつけ、双子を引き取って帰宅することもあった。

今日も、双子を迎えに行けたのは、深夜になってからだった。寝ているふたりを起こさないようにタクシーに乗せ、マンションに連れ帰った。数時間後には、また園に連れていかなくてはならない。

自分も、少しでも寝ておかなくては……と、ふたりの寝顔を見ながら身体を横たえたタイミングで、官給品の携帯電話が震えた。呼び出しだ。

重い身体を起こして、ふたりにメモを残し、そっとマンションを出る。

若いから大丈夫だと思っていたのは、最初の半月ほど。すぐに若さでは補えない無理があると痛感させられた。

あと三年、ふたりが小学校にあがるまで、この生活がつづけられるのだろうか。とっくに不安に襲われている。それでも、やるしかない、がんばるしかないと、言い聞かせる毎日だ。

呼び出された先は、都心にほど近い住宅街の一角、強盗傷害事件の現場だった。都内であっても一軒家の多い地域だ。

富裕老人のひとり暮らし、騒音を聞きつけた近隣住民から通報があり、近くの交番の巡査が駆け付けて、事件が判明した。

金目当ての強盗であることは、金庫がバールでこじ開けられていることでわかる。鑑識が塵《ちり》ひとつ残さない捜査をしている途中で、救急搬送された被害者の死亡の一報が入り、強盗傷害から強盗殺人に切り替わって、捜査一課に臨場要請が出た。

殺人事件だからといって、かならずしも帳場が立つわけではないし、捜査一課が出張るわけでもない。だが今回は、都内で似た手口の強盗傷害事件が相次いでいたことと、被害者を死にいたらしめたのが拳銃《けんじゅう》であったことで、一課の臨場が決まったらしい。

問題は、凶器を持った犯人が逃げている、ということだ。

銃器や薬物の事案を担当する組織犯罪対策部とも、協力して事件を追うことになる。組対部には、昔はマル暴と呼ばれていた組織犯罪対策四課も置かれている。組織犯罪対策四課は、昔は銃器対策課という名称だった。

犯人の面が割れていない以上、近隣管轄署にも協力を依頼して、緊配をかけるよりほかない。その上で、現場付近の徹底した聞き込みと、コンビニやガソリンスタンドなどに設置された防犯カメラ映像の提供を求め、解析をする。

早々に逮捕できればいいが、初動をミスると長引く危険のある事件だ。深夜から明け方という犯行時間もあって、目撃者は少ないと思われる。

所轄署の刑事と組んだ遥風には、周辺住民への聞き込みが割り当てられた。

——帰るのは無理だな。

双子を保育所に送っていくために、一度マンションに戻ることはできそうもない。おとなしくしていてくれるといいのだけれど……。

——ごはん、つくってこなかった。

菓子パンの買い置きは、まだ残っていただろうか。

「少しお話いいでしょうか？」

身分証をかざして近隣住民に捜査協力を仰ぎながら、頭の片隅で子どもたちのことを考える。

「三丁目で強盗事件がありまして――」

「聞きました！　もう怖くって！」

町内のご婦人方の情報網の速さに驚きつつ、話を聞く。

「お若い刑事さんにはわからないでしょうけど、年寄りは朝が早くて、私も五時前には起きてますけど、何も見てないいし、聞いてもいないわねぇ」

「そうですか。ありがとうございます」

何か気づくことがあれば所轄署へご連絡くださいと言いおいて、お隣へ。

今度はエプロンをした若い主婦が、赤ん坊を抱いて顔を出した。

「強盗!?」

母親が怖い顔をすると、抱かれた赤子が眉間《みけん》に皺《しわ》を寄せる。その様子を興味深く眺めながら、聞くべきことは聞く。

「明け方ですか……夫の出勤が早いので、その時間には起きてお弁当をつくってましたけど……不審な物音なんてしたかしら？」

そう言って首を傾げる。仕方なくお隣で言ったのと同じセリフを残して、礼を言って背を向けた。

そんなことを、担当区域内を網羅するまで繰り返す。刑事の仕事はテレビドラマや小説に語られるような派手なものではない。実に地味な、靴底をすり減らす人海戦術が基本だ。

「ダメですねぇ」

第一回目の捜査会議の時間ぎりぎりまで粘っても、たいした収穫はなかった。これは初動捜査をミスったクチか……と胸中でひとりごちる。

地域課勤務時代には、こうした事件の直後に緊急配備に駆り出されることは多かったが、指揮官のちょっとした判断ミスによって時間をロスしたことで、包囲網を突破されたことが幾度かあった。数時間後には逮捕できたからよかったものの、取り逃がしていたら目も当てられない。

今回も、最初に現場にかけつけた機動捜査隊から捜査一課への引継ぎのタイミングで、指揮系統に何か問題があったのかもしれない。縦割りの組織には、これもままある。こんなことで犯人を取り逃がすようなことがあってはならないはずなのに。

「そろそろ戻りますか」

即席相棒の所轄署の刑事が時計を見て言う。

「そうですね」

名残惜しいが、捜査会議には出なくてはならない。

自分の手柄でなくていい。凶悪犯が逮捕されれば、遥風はそれだけで充分なのだ。

遥風が現場で捜査にあたっていたころ、馴染《なじ》んだブランケットの感触のなか、まずは惟が目を覚ました。

保育所にいたはずなのに、いつの間にか自宅に戻っている。遥風が迎えにきてくれたのだと、聡明《そうめい》な幼子はすぐに理解した。

「櫂……櫂……」

となりで寝ている弟を揺り起こす。

「……？　惟…ちゃ……？」

こしこしと目をこする弟の手を止めて、「めがいたくなるよ」と注意する。生前の母親がよく言っていた言葉だ。

「おうち？」

いつの間に？　と櫂がきょとりと目を瞠《みは》る。

「はるちゃんは？」

自分たちを保育所から連れ帰ってくれた遥風がいるはずだと首を巡らせる。だが家のなかはシン……としていて、人の気配はない。

惟がベッドを飛び降りる。燿は「まってよぉ」と姉のあとを追った。惟のように、ぴょんっとベッドを飛び降りることはできなくて、うんしょっとシーツを伝って床に足をつく。

リビングダイニングの壁にかけられたメッセージボードに、遥風の書いたメモが貼《は》られていた。惟がそれを読み上げる。

「おしごとにいくからいいこでまっててね」

「はるちゃん、おしごと？」

寂しそうに呟く弟の頭を、惟がくしゃりっと掻き混ぜた。

「はるちゃんは、パパとママのかわりをしてくれてるの！　ワガママいったらダメなんだからね！」

ふたりで約束したでしょう？　と姉に叱られて、燿は大きな瞳にうるっと涙を滲《にじ》ませた。

「う……ん」

パパとママが帰ってこられなくなったと遥風から聞かされたときに、ふたりは自分たちの身に降りかかった事態を幼いながらにも理解した。

パパとママは帰ってこない。これからは、ママの弟の遥風と一緒に暮らす。パパとママの二役をひとりでするこになる遥風には、できるだけワガママを言わないと、白いお花に埋もれた写真のなかのパパとママに手を合わせた日に、ふたりは約束した。

ぎゅっと抱きしめてくれた遥風が小さく震えていたのを覚えている。なんだかとても悲しくて、遥風にシンクロしたかのように、ふたりは泣いた。パパとママが突然帰ってこられなくなったこと以上に、遥風が悲しい顔をしていることがつらかった。

あれっきり、遥風が泣いているのを見たことはない。だから自分たちも泣かない。

朝ごはんの目玉焼きは真っ黒に焦がすし、洗濯物はくしゃくしゃだし、お掃除は自動で床を動く丸いロボット任せだし、幼稚園のお迎えはいつも遅刻で園長先生に叱られてばかりで、結局別のところに移ることになったし、パパとママと暮らしていたときとは比べ物にならない慌ただしい毎日だけれど、ふたりは遥風との生活が嫌ではなかった。遥風が自分たちのために懸命になってくれていることが伝わってくるからだ。

だから、少しでも遥風のお手伝いがしたかった。

少しでも遥風を楽にしてあげたかった。

「惟ちゃん、おなかすいた」

弟の訴えを聞いて、惟がいつも菓子パンやインスタント食品の買い置きが放《ほう》り込まれている籠《かご》をのぞき込む。ママがいたときには、リンゴやバナナやキウイなどのフルーツがストックされていた籠だが、遥風と暮らすようになって、フルーツのかわりに保存食置き場に使われるようになった。

遥風はインスタント食品を手にしては、「こんなの子どもたちに食べさせたら、姉さんに叱られるよなぁ」とため息をついているけれど、ふたりにはどうして遥風が叱られるのか、よくわからない。

籠は空だった。

そういえば、昨日家を出るときに、最後に残っていたアンパンを、遥風がスーツのポケットに突っ込んでいた。

「からっぽだね」

「おかいものにいきましょう」

「おかいもの？」

「これでおかいものできるわ」

惟が持ち出したのは、交通系のＩＣカード。遥風がもたせてくれたものだ。

自販機やコンビニでは、お金がなくてもこれで買い物ができることを、双子は知っていた。デジタルネイティブと呼ばれる世代を親に持つ幼子たちだ。生まれたときからこういうものを目にしているのだから、使い方など教えられなくてもわかる。

「はるちゃんが帰ってくるまでに、ごはんつくってまってようよ！」

「ごはん？　つくれるの？」

姉の提案に、櫂が不安げに言う。

「パンをトースターでやけばいいわ！」

コンビニに行けばパンは売っている。

「ハチミツぬろうよ！」

「おいしそう！」

ハチミツはキッチンにある。バターは冷蔵庫のなかだ。

ＩＣカード一枚を握りしめ、双子は手に手を取り合って、マンションを出た。コンビニは、マンションの前の信号を渡った先にある。


遥風と相棒の刑事が本庁に戻るべく捜査車両を走らせていたときだった。

警察無線が、聞き逃せない情報を告げた。

『不審人物の目撃情報……人着《にんちゃく》にあっては、身長一七〇センチ前後、三十代から四十代、男性、紺色のパーカー、黒のスニーカー、パーカーの袖のあたりに血液の付着ありとのこと……』

遥風が何より焦ったのは、警察無線が告げた目撃情報のあった場所だった。

「木野崎刑事？」

「うちの、近くです」

「……え？　うわっ！」

顔色を変えた遥風がアクセルを踏み込みステアリングを切ると、隣に乗っていた相棒の刑事が慌てて赤色灯を出し、無線マイクを取った。

「緊急車両通過します！　緊急車両通過します！」

周囲の車に注意を促して、警察無線の告げた住所へ急ぐ。

双子はまだ寝ているはずだ。家にいるようにとメモも残してきた。だから危険に巻き込まれるようなことはない。

わかっているのに、不安感が拭《ぬぐ》えない。

警察無線には、刻々と情報がもたらされる。犯人と思しき男への包囲網が、じわじわと狭《せば》まっていく。

最終的に、遥風が捜査車両を停《と》めたのは、姉夫婦が残したマンションのすぐ近くだった。よりにもよって……！　と胸中で毒づく。

無線のイヤホンを耳に、鼓膜に入る情報と網膜に映る視界とを同調させ、犯人の足取りを予測して動く。

視界に映る景色が見覚えのあるものへと変化しはじめて、遥風は「くそっ」と毒づいた。

事件がどこで起きようが、同等に対処するのが警察の仕事だが、警察官だって人間だ。身内が巻き込まれる危険を避けたいと思うのは当然だ。

通りの向こうにも、捜査本部で見た顔の捜査員たちの姿が見える。

近い……と感じた。包囲網が縮まっている。

警察官になって数年、刑事に登用されて間もない遥風であっても、そのあたりの嗅覚《きゅうかく》は持っている。

近年なって新たに開発された高層マンションが立ち並ぶ街並みに、人の姿はまばらに見えた。実際は多くの人が住んでいるはずだが、どういうわけかこういう街には喧噪《けんそう》がない。

このまま一般市民を巻き込むことなく逃走犯を確保できれば……と、甘い考えを過らせた瞬間のことだった。

コンビニエンスストアの前の駐車場に、小さな影をふたつ認めたのだ。

そのシルエットが脳内の記憶と重なるのに、コンマ一秒も必要なかった。

――……っ!

手をつないで歩く幼い子どもが、コンビニ前の交差点で歩道を渡ろうとしている。奥の路地から駆け出してくる焦った様子の男。その向こうに、先ほど通りの向こうに見かけた刑事の姿。男を追いかけている。

コンビニの駐車場には、黒塗りのセダンが停まっているだけ。双子の姿は逃げてくる男の視界におさまっている。

まずい。

バクンッ！　と心臓が高く鳴って、直後急速に血が下がった。

それでも、反射的に遥風は駆け出していた。

「惟！　耀……！」

叫んで、ふたりの注意をこちらに引き付ける。同時に、声に驚いた犯人が、逃げる方向を変えてくれればと願った。

だが、こういうときばかり、状況は願うのと逆に流れるものだ。

背後から「警察だ！」という声を聞いた犯人が形相を変える。余計なことを……！　と、遥風は口中で毒づいた。

犯罪者には二種類いる。追い詰められて諦《あきら》めるタイプと、パニックに陥り悪あがきをする者。目の前の犯人は、後者だった。

くそっ！　と罵《ののし》る声が遥風の耳にも届いた。ギラついた犯人の目が、交差点で信号が変わるのを待つ幼い双子を捉《とら》えたのと、双子が遥風を認めたのは、ほぼ同時だった。

「はるちゃ――」

常に動きの大きい惟が遥風に向って手を振ろうとして、走り込んできた男に前をふさがれた。遥風の視界から双子が消える。

「……っ！」

犯人の手に、凶器が握られているのが見えた。

呆然とする櫂を交差点へ蹴《け》り飛ばし、惟の華奢《きゃしゃ》な身体に腕を回す。ツインテールにしていない長い髪が揺れた。その側頭部に銃口が押し当てられる。

最悪の光景が、遥風の視界の前で繰り広げられる。――が、予想外の事態が起きた。最悪の一歩手前で、状況は突如変貌する。

「……っ!?」

遥風は目を見開き、足を止めた。

だが、誰より一番驚愕《きょうがく》をあらわにしているのは、惟に銃口を突き付けようとしていた犯人だった。

「ガキを巻き込むんじゃねぇよ」

低い声が、場に静寂を呼んだ。

犯人を追いかけてきていた刑事たちも、足を止めて固唾《かたず》を飲む。

それも当然だろう。いったいどこから現れたのか、突然犯人の背後に立ったダークスーツの長身の男が、幼子を人質に取ろうとしていた凶悪犯の手を摑んで、凶行を阻んだのだから。

――あのひとは……。

記憶にある顔だった。以前に通っていた幼稚園の近くで、双子を保護してくれた、あの男性だ。

だが、強盗犯を睨み据える眼光は、あのとき子どもたちに向けられていたものとはずいぶんと違う。猛獣に睨まれた小動物のように、犯人は青くなってガタガタと震えはじめた。ただ、拳銃を持った手を摑まれているだけなのに、だ。

「大丈夫ですか？」

交差点に止められた黒塗りの車から降り立った大柄な中年男性が、櫂を抱き起す。片腕に櫂を抱き、もう一方の腕で惟をひょいっと抱き上げて、その場を離れる。子どもたちの安全が確保されたのを見て、長身の男性は男の手から拳銃を払い落とし、摑んだ腕を捻《ひね》りあげた。

「ひ……っ！」

呻《うめ》く犯人を、コンクリートの地面にたやすく押さえ込む。片腕と片足しか使っていない。

あまりの鮮やかさに啞然と状況を見ていた刑事たちに、男性のほうから声がかかった。

「仕事しろ、捜査一課！」

その口ぶりから、同業者か？　という疑問が一瞬過る。だが今は、それ以上の問題が目の前に横たわっている。

犯人確保は他の刑事たちに任せ、遥風は大柄な男の腕に抱かれている双子に駆け寄った。

「惟！　櫂！」

「はるちゃん！」

双子が小さな手を伸ばしてくる。

「ケガは？　痛いところはないか？」

男に蹴り飛ばされたように見えた櫂の身体をまずは確認する。

「だいじょうぶ、ころんだだけだよ」

櫂がたどたどしく言った。蹴られて倒れたのではなく、反射的に避《よ》けようとして、すてんっと転んだだけだったらしい。

「よか……」

よかった……と、深い安堵のため息をつくと、途端にクラッと眩暈《めまい》に襲われた。膝からガクッと力が抜ける。

「……っ」

「お……っと」

倒れかかった遥風を抱きとめたのは、双子を助けてくれた男性だった。

「はるちゃん？」

「どうしたの？」

双子が心配そうに言う。

「気が抜けたのか？」

耳元で聞こえるのは、低い声。急速に意識が遠のいていく。

「病院に行きましょう」と提案する声と、「微熱があるな」と応じる低い声。

「はるちゃんは？　びょうき？」

「大丈夫だ。おまえらが無事で気が抜けたんだろうさ」

子どもたちの問いかけに返す口調は、少し荒っぽくて、上質なスーツを着こなす男性の外見には不似合いに思えた。でも、同業者なら、わからなくもない。警視庁の人間だろうか。あるいは所轄の幹部だろうか。

「へ…き……、で…す」

男性のスーツに縋《すが》って、捜査に戻ります……と返したところまでは記憶があった。うっすらと開けた視界には、上からじっと見据える端整な相貌。男前だなぁ……と、こんな場面だというのに呑気《のんき》な感想を抱く。

同業者だとしたら、自分よりずっと階級は上だろう。上の人間の前で醜態を晒《さら》すのか……と情けなく思ったところで、今度こそ本当に遥風の記憶は途切れた。

一つの事件が解決すると、待機に回される。その間に、刑事たちは溜《た》まった書類作成に取り組むのが常だ。——が、待機の間もなく、新たな事件捜査に駆り出されることのほうが多い。捜査一課の刑事は慢性的な寝不足を抱えるほどに多忙だ。

とはいえ、たまには事件の空白に当たることもある。

珍しく定時退社がかなう週半ば、遥風は班長に断って早々に庁舎を出た。「食って寝ろよ」と先輩刑事たちが揶揄《やゆ》たっぷりに声をかけてくれる。先日、倒れて病院に担ぎ込まれたことを揶揄《からか》われているのだ。

嫌味というほど陰険ではないが、遥風が抱えた家庭事情のすべてをくみ取ってもらえるほどやさしい職場でもない。

荒っぽい後輩いじり程度、サラッと流していけるようでなければ、捜査一課の刑事など務まらないということだろう。

先日、惟と櫂が巻き込まれそうになった強盗殺人事件は送検まで無事に済み、警察の手を離れた。送検後は検察の管轄だ。

あの日、気づいたら遥風は病院のベッドの上で白い天井を見上げていた。身体を起こそうとすると、重しが載ったように身体が動かなかった。だがそれは、体調が回復していないせいではなかった。左右に高い体温を感じてすぐに察した。ベッドの左右に、遥風にしがみつくように双子が寝ていたのだ。

様子を見に来た看護師に尋ねると、双子は絶対に遥風の傍《そば》から離れないと言ってきかず、自らベッドに上がったのだという。遥風を心配しているうちに、疲れて眠ってしまったようだ。

寝不足に疲れが加わっただけで、点滴だけで帰宅することができたのだが、登庁してみれば、同じ係の先輩刑事たちには、「寝不足で倒れたって？　ヤワだなぁ」などと揶揄されるし、「子どもたちが泣いて大変だったんだぞ」と苦笑されたりで、恐縮しきりだった。

だが、肝心なことを、確認できなかった。

双子を助けてくれた男性のことだ。

聞けば、刑事たちが犯人確保を優先しているうちに、遥風と双子を車で病院に運んでくれた善意の人らしいのだが、係長が病院に駆けつけたときにはすでに姿がなく、看護師に聞いても素性はわからなかったというのだ。

念のために、遥風自身も病院を再度訪ねて担当医師にも看護師にも尋ねたが、倒れた遥風を運んでくれた男性は、遥風の状態を確認し、子どもたちが遥風のベッドに上がろうとするのを手伝っていたところまでは見ていたものの、看護師が外した隙に消えていたのだと説明された。

同業者かと思ったのだが、どうやら違ったらしい。同業者なら名乗るはずだ。だとすれば、厄介ごとに巻き込まれるのを嫌ったか、あるいは礼の言葉すら受け取る気のない本当に善意の主か。

警察は、捜査などに協力してくれた民間人に感謝状を出しているが、受け取りを辞退する人が一定数存在する。ようは、特別なことはしていない、というのだ。あの男性も、そういうタイプなのかもしれない。

そうでなければ、警察にかかわるのを嫌ったと考えるしかないが、厄介ごとに巻き込まれるのが嫌なら、最初から見て見ぬふりをするだろう。拳銃を持った犯罪者の前へ躊躇《ちゅうちょ》なく飛び出していくことのできる人間は多くない。警察官だって、訓練を受けているからできるのであって、それでも勇気のいることだ。

礼が言いたい。

遥風が思ったのはそれだけだったのだが、それすらさせてくれない人もいる。

やけに記憶に残る男性だった。

上質なスーツを纏った風格あるたたずまいは、一般のサラリーマンではありえない。

同業者ではないとしたら、いったい何者だろう。どういう職種なら、あの迫力を纏えるのか。

――弁護士とか検事とか？

同業ではないが、同種といえなくもない職種を思い浮かべる。民事を扱う弁護士には柔和な雰囲気の人もいるが、刑事を扱う弁護士にはかなり鋭い空気を纏う人もいる。検事はそれ以上だ。ありえなくはない。

ひとことの礼が言えなかったばかりに、ここ数日遥風はあの男性のことばかり考えている。

預けている保育所に双子を迎えに行って、帰り道にある商店街で買い物をする。預け先を変えてからできた習慣だ。マンション周辺は亡姉の眼鏡にかなったらしい小洒落《こじゃれ》た店は多いのだが、生活必需品がなかなかそろわないのだ。

生鮮野菜は、無農薬栽培のものを信頼のおける農家から直接取り寄せていたらしいのだが、仕事が不規則な遥風には、宅配を受け取ることすら困難で、葬儀直後に断った。双子に美味しい野菜は食べさせてやりたいが、今日必要なものだけを買うようにしないと、遥風の生活では消費できない。

珍しく早い時間に迎えに来た遥風に、双子が飛びついてくる。

「はるちゃん！」

「元気だな。楽しかったか？」

「うん！」

若い保育士が、ふたりの荷物を手に見送りに出てきてくれた。いつもは園の経営者親子が見送りに出てくるのだが、タイミング悪く地域の会合に出ていて、二時間ほど空けているのだという。その時間帯もちゃんと保育士の数が足りるように配慮がなされているようだ。

だが、はじめて言葉を交わしたこの保育士が、意外にも情報をくれた。双子が巻き込まれた件について園長から話を聞いていたらしい、何事もなくてよかったと微笑まれて、遥風もつい礼を言えなかった男性の件を話したのだ。

「……似たような人、私も見たことありますよ。商店街のほうで。なんか合わないというか、なんでこんなエリートビジネスマンみたいな人が商店街にいるんだろう、って」

遥風が話した、上質なスーツを着た男性がコンビニ前で双子を助けてくれた、という件《くだり》でそんな記憶を掘り起こしたらしい。

保育士は、遥風の話に出てくる男性と自分が語る男性が同一人物だとはまるで考えていない様子で「そういう人、意外といるんですね」と笑った。だが、地域課勤務中に人の風貌を観察することを覚えた遥風の琴線に、保育士の話がひっかかる。

どうせ帰り道に商店街に立ち寄るつもりだったのだ。少し注意深く見てみよう。

右手に惟、左手に櫂。双子と手をつないで、駅までの道をゆっくりと歩く。

「夕ご飯なにがいい?」

「ビーフシチュー」

「オムライス」

「……パスタじゃダメか?」

遥風につくれるものは限られている。

「ボンゴレビアンコ」

「和風ツナ」

「……ナポリタンじゃダメかな？」

左右から見上げる視線。

「いいよ」

惟がぎゅっと腕にしがみついてくる。

「ナポリタンもすき」

櫂が太腿に腕を回した。

「歩けないよ」

小さな頭をくしゃくしゃっとして、まずは八百屋へ。

だが、店頭の玉ねぎに手を伸ばすまえに、遥風は商店街を抜けた先、大通りに滑り込んできて停車した黒塗りの車に目をとめた。

——あの車……。

記憶にある車種、色。もしかして……と可能性が過る。

運転手が降りてきて、後部シートのドアを開ける。そこへ、長身の男性が歩み寄ってきた。見覚えのあるシルエットに気づいた瞬間、遥風は惟と櫂に八百屋の前で待っているようにと言いおいて、駆け出していた。

「待ってください……！」

後部シートへ乗り込もうとする男性を呼び止める。遥風の声に、商店街を行き交う人が怪訝そうに顔を向けても、男性は振り返らない。遥風は駆けるスピードを上げた。

「待って……！」

男性に飛びつくように手を伸ばす。背に投げられる呼び声に気づいた男性が振り返って、今度こそ礼が言える……と一瞬でも安堵したのがいけなかったのか、いったい何に蹴躓《けつまづ》いたのか、勢いに乗ったまま遥風は男性の胸に飛び込む格好で倒れかかってしまった。

遥風を抱きとめた男性以上に、どうしてか運転手のほうが驚いた顔で青くなっているのが視界の端に映った。

「きみ、大丈夫――」

「見つけた！」

向けられる気遣いを遮るように発した声に、男性が切れ長の目を瞬《またた》く。そして、「君は……」と低く呟いた。

「ありがとうございました！　先日はご迷惑をおかけして――」

遥風の態度を不躾《ぶしつけ》に感じたのか、運転手が険しい顔で割って入ろうとするのを、男性が片手で止める。

「あのときの刑事さんでしたか」

男性は頷いて、「今日は顔色も悪くないようだ」と口角を上げる。

「おかげさまで……」

言いかけて、ようやく自分が男性の腕に抱きとめられた格好のまま、間近に端整な顔を見上げていることに気づいた。

「し、失礼しましたっ」

飛び退《との》いて、そして今一度「ありがとうございました」と頭を下げる。その腰に、容赦なく突進してきて、どんっ！　と抱き着く衝撃。

「わっ！」

またも男性の腕に抱きとめられて、何事!?　と振り返ると、八百屋の前に待たせておいたはずの惟と櫂が、遥風の腰にしがみつく格好で見上げていた。その顔にはありありと不服が浮かんでいる。おいて行かれたのが気に入らなかったようだ。

「待ってろ、って……」

言ったのに……とつづける前に、スーツのジャケットの裾にぎゅっとしがみつかれて、言葉を飲み込む。その子どもたちの前に、男性が片膝をついた。

「元気だな」

俺のことを覚えてるか？　と、尋ねる。

「はるちゃんをたすけてくれたおじちゃん！」

燿が気づいて、大きな目を見開いた。

「ばかね。こういうときは、おにいさんっていうのよっ」

惟がこまっしゃくれた見解を述べて、気遣いのできない弟を叱った。

双子のやりとりを聞いた男性が、「ははっ」と声を上げて笑う。

「す、すみませんっ、失礼をっ」

双子を引き寄せて、頭を下げる。

「いや、頭のいい子だ」

男性は、さして気分を害した様子もなく、それどころか愉快そうに言った。

「御礼もできないままになっていたので、ずっと気になっていて……この子たちを助けていただいて、本当にありがとうございました」

どれほど礼を言っても足りないと、何度でも頭を下げる。男性は「顔を上げてください」とそれを制した。

「ご迷惑かもと思ったのですが、どうしても御礼を言いたかったんです」

名乗らず立ち去ったということは、警察にかかわりたくないと思ったためだろう。だから引き留めるべきでなかったかもしれないが、でもどうしても、遥風は礼を言いたかった。

「警視庁の木野崎と言います。木野崎遥風」

自分が名乗ったあとで、双子に「ごあいさつして。お礼もね」と促す。遥風の言葉にコクリと頷いて「柴村《しむら》惟です」と、まずは姉の惟が元気に名乗る。つづいて弟の櫂が「柴村櫂です」とペコリと頭を下げた。

「はるちゃんをたすけてくれてありがとう！」

双子の声がそろう。遥風は「僕のことじゃなくて」と訂正しようとしたのだが、双子はまるでわかっていない顔で遥風を仰ぎ見た。

遥風がどうしてもしたかった御礼は、強盗殺人犯から双子を守ってくれたことに対してだ。だが双子は、そのあと倒れた遥風を病院に担ぎ込んでくれたことに対しての礼を言った。もちろんどちらも感謝しているが、双子の言葉に遥風は驚き、慌てる。

だが、それすらも、男性はとくに気にする様子もなく、元気に礼を言った双子に「偉いな」と微笑みかけたあと、「柴村？」と疑問を口にした。遥風と双子の苗字《みようじ》が違うのを訝《いぶか》ったようだ。

「姉夫婦の子なんです」

甥っ子と姪っ子ですと、言葉を足す。男性は、なるほどと頷いた。そして腰を上げる。

改めて見ると平均身長を少し超す程度しかない遥風に比べて、かなり長身だ。見上げなければならない。そして今日も、隙の無いスリーピーススーツ姿。誂《あつら》えだろうスーツは、日本人離れした体格にピタリと沿って、それが男性の持つ風格をいや増している。

「お名前をおうかがいしてもよろしいでしょうか？」

自分は警察官だと名乗っている。だからこそ、かかわりたくないと思われる可能性もある。だから確認をとった。

しばしの逡巡《しゅんじゅん》が見えた。やはり迷惑だったか……と後悔が過《よぎ》りかけたタイミングで、男性は「烏《う》城《じょう》といいます」と名乗ってくれた。

「あいにく、名刺を切らしていまして」

すみませんと詫びられて、とんでもない！　と慌てて首を振った。

烏城……下の名前はなんというのだろう？　訊《き》いたら迷惑だろうか。刑事だと名乗っている手前、尋問のように受け取られてしまうかもしれない。

「御礼をさせていただけませんか？」

大したことはできないが、食事でも……と誘う。烏城と名乗った恩人は、「お気になさらず」と遠回しに断った。「仕事の途中ですので」と言われてしまえば、引き留める言葉はない。

なんだかとても残念に感じて、遥風は言葉を探す。だが、うまい言葉が見つからなくて、「そうですか」と引き下がるよりなかった。

状況をうかがっていた運転手が、話が終わったと汲《く》み取って、後部シートのドアに手を伸ばす。

「では」と、烏城が踵《きびす》を返す。

だがその足は、すぐに止まった。

視線が落とされる。それを追って、遥風も視線を落とした。つい今まで、自分の両脇にしがみついていたはずの双子が、烏城のスーツのジャケットの裾を左右からぎゅっと摑んで引っ張っている。

「だ、ダメだよっ」

上質なスーツが皺になってしまうと慌てて、双子の手を離そうする。双子は嫌だというように、スーツを摑む小さな手にさらにぎゅうっと力を込めた。

「いっちゃだめ」

櫂が烏城を引き留める。

「いっしょにごはんしよ」

惟が遥風の要望を代弁する。

引き留める双子のつぶらな瞳に涙が浮かぶのを見て、烏城がゆるり……と目を瞠る。

「ごはん……」

櫂がしゃくりあげる。

「いっしょしよ」

惟がたどたどしくおねだりする。

今度は遥風が双子の反応を訝る番だ。こんなふうに、ほぼ初対面に近い大人相手に警戒心なく懐く姿など、これまで見たことがない。助けてもらったと幼いながらにわかっているのだろうか。あるいは、いつも遥風と三人で、寂しいのかもしれないと考える。親を亡くしたばかりなのだからそれもしかたない。

「お忙しいんだよ」

だから聞き分けて、と双子の手を外そうとすると、とうの烏城にそれを止められた。

「自分の行きつけでもいいですか？」

幼子のおねだりに負けてくれたのか、そんな提案をよこす。

「え？　ええ」

子連れで迷惑にならない店ならどこでも……と返すと、烏城は子どもたちと視線を合わせて、「寿《す》司《し》は好きか？」と訊いた。

――……え？

遥風の胸中の焦りをよそに、双子は大きな目をキラキラさせて、「うん！」と大きく頷く。

――す、寿司……!?

回転寿司のわけないよなぁ……と胸中で冷や汗をたらすものの、なんでもと言ってしまった手前別の提案をしにくい。一応「小さい子ども連れは迷惑では……」と言ってみたが、「大丈夫だ」と取り合ってもらえなかった。

次の給料日までは、切り詰めた生活を余儀なくされそうだ、と諦めて、烏城に勧められるまま運転手付きの車に乗り込む。

運転手だけかと思っていたら、助手席には、強盗犯から助けてもらったときに烏城と一緒にいた強面の男性の姿もあった。それに気づいた子どもたちが、「おじちゃん！」とフロントシートに身を乗り出す。助手席の男性は軽く頷いて、「危ないから座っていなさい」と双子をリアシートに座らせた。

「九重《ここのえ》に行ってくれ」

烏城の言葉に頷いたのは助手席の男性で、運転手は何も言わず車を発進させる。胸ポケットから携帯端末を取り出した助手席の男性がどこか――たぶん向かっている店だろうが――へ電話をかけて、数コールで出た相手に、「羽佐間《はざま》です」と名乗った。

「社長の客人です。四名で……いえ、小さなお子さんがふたり……ええ、お願いします」

それだけ言って、通話をオフにする。行きつけというのはどうやら本当らしい。

白手袋をした運転手つきのスリーポインテッドスター、しかも最上位車種、さらに秘書と思しき男性を従えた社長の肩書を持つらしい人物の行きつけの鮨屋《すしや》とは、いったいどれほどの高級店だろうかと戦々恐々としながら連れられた店は、銀座の一等地ではなく住宅街のはずれに暖簾《のれん》を出す、意外にもこぢんまりとした店だった。

だが、外観はこぢんまりとしているが職人の腕は一流らしく、知る人ぞ知る名店なのだという。カウンターにはネタケースの代わりに木の箱が並び、壁にもテーブルにも価格の記載されたメニューの類が一切ないのを見て、遥風は店のランクを察した。

財布のなかみは寂しいが、カードで支払えばいい。

まだ早い時間だからか、ほかの客の姿はなく、笑顔で出迎えた着物姿の女将《おかみ》に促されるまま、四人はカウンターに通された。羽佐間と名乗った秘書らしき強面の男性と運転手は同席しないようだ。予約の電話でも、羽佐間は四人と店に人数を伝えていた。

カウンターにはすでに子ども用の椅子《いす》がふたつ用意されていた。それを挟むように箸《はし》や小皿など四人分のセッティングがされている。

子連れでカウンターのど真ん中を占拠していいものか……端っこでいいのだけれど……と、遥風が女将に耳打ちすると、「お気になさらず」と流されてしまう。いや、店側がそう言っても、他の客はいい顔をしないはずだ。

「烏城の旦那《だんな》がいらっしゃるときはいつも貸し切りですから、ごゆるりと」

カウンターの向こうから白髪交じりの職人に言われて、遥風は啞然と目を見開いた。

遥風が啞然としている間に、烏城が惟を抱き上げて、椅子に座らせてくれる。慌てて遥風が櫂に手を伸ばすと、櫂は遥風ではなく烏城に向かって「自分も」とねだるように無言で小さな手を伸ばした。

「ありがとう」

高い椅子からの眺めに目を輝かせ、双子が声をそろえて礼を言う。烏城は「どういたしまして」と、少しおどけた口調をつくって、子どもたちに返した。

そのあとで、遥風のために椅子を引いてくれる。まるで女性のようにエスコートされて、慣れないのもあって気恥ずかしさが先に立つ。恐縮しつつ遥風も腰を下ろした。

「坊っちゃんと嬢ちゃんには、何をお出ししましょう？」

あがりの代わりにジュースがいいだろうかと訊かれて、「お茶で大丈夫です」と答える。「湯呑《ゆのみ》に氷をひとつ落としてもらえれば」と、茶湯の温度を下げてもらえるように頼むと、女将が「かしこまりました」と頷いた。

子どもだからといって和食にオレンジジュースを合わせるような食事をよしとはしたくない。……というのは生前の姉の言葉だ。遥風では全部が全部守ってはやれないが、極力姉の教育方針を踏襲したいと思っている。

「少し呑みませんか？」

烏城の言葉に、「一杯だけ」と応じる。ビールだろうと思っての返答だったが、「まかせる」との烏城のオーダーを受けて職人が選んだのは、地方の蔵から直接仕入れているという精米歩合の高い日本酒だった。

徳利《とくり》ではなく作家物の酒器で提供される日本酒から、ふわり……と華やかな香りが立つ。

盆にさまざまなデザインの猪口《ちょこ》を載せて奥から出てきた女将に「お好きなものをお選びください」と言われて、チェーンの居酒屋かせいぜい焼き鳥専門店くらいでしか飲んだことのない遥風は、戸惑いつつも一番手前にあったひとつを選んだ。鳥城の前には、決まったものらしい猪口が置かれる。

その一連の流れが興味深かったのか、双子が椅子から身を乗り出した。

「わたしも！」

「ぼくも！」

自分たちも猪口を選ぶというのだ。

「これはお酒を飲む器なんだよ。ふたりには――」

諌めようとした遥風を、女将が微笑みで止める。

「今お持ちしますね」

お一度奥へ引っ込んだ女将が、猪口と同じように運んできたのは、小ぶりの湯呑だった。それが、実は湯呑ではなく大振りな猪口だけを並べて湯呑に見立てているのだと気づいて、遥風は女将の気遣いに恐縮した。

「わたしこれがいい！」

「ぼく、これ」

いつもどおり、まず惟が主張し、耀がそれに倣う。

微笑ましい様子を見て「ご姉弟ですか？」と女将が尋ねた。「双子なんです」と返すと、「どうりで」と頷かれる。男女の双子は二卵性だから似ていないのが普通なのだが、惟と耀は一卵性と疑われるほどに顔立ちがよく似ているのだ。

「好き嫌いやアレルギーはございませんか？」

「アレルギーは大丈夫ですが、ネタは……光物とかは食べられないんじゃないかと思うんですけど……」

姉に確認したことはないが、たぶん回転寿司しか行ったことはないだろう。いくら子どもにちゃんとした食育を……と考えていた姉でも、廻《まわ》っていない鮨屋に幼い子どもを連れていくのはハードルが高かったはずだ。

「食べたいものを言え」

烏城がふたりに促す。双子は、烏城の端整な顔をじっと見上げたあと、確認をとるように遥風を見やった。これはもうしょうがない。次の給料日まで昼飯はカップ麺《めん》決定だ。遥風が頷くと、双子はぱあっと顔を綻《ほころ》ばせて、また烏城を見やる。

「ありがとうおじちゃん！」

「おにいさんじゃなかったのか?」

「ありがとうおにいさん!」

双子の現金な返答に、烏城がたまりかねたようにくっと笑う。

財布は自分なんだけどなぁ……と思いつつも、子どもたちの楽しそうな顔を見ていたら、もうなんだっていいか、という気になった。

「大トロ!」

「ウニ!」

「……え? ちょっと待って!」

なんだっていいかと諦められるにも限度がある。だがときすでに遅し。双子はウキウキとカウンター向こうの職人の手元に見入っている。

「ここは俺のおごりだ。好きに食うといい」

自分が食事をしたくて自分の行きつけの店に連れてきただけのことだと烏城が言う。遥風は慌てた。

「それじゃ御礼になりません」

何より、公僕の身だ。おごってもらうわけにはいかない。そう説明すると、烏城は「なるほど」と頷いただけで、強く勧めることはなかった。

職人が取り出したのは板に盛られたミョウバン付けのウニではなく、塩水ウニ。時期によっては殻付きのウニを仕入れることもあるという。

「俺は適当に頼む」

「かしこまりました」

烏城のオーダーに自分も頷いて、あとは職人に任せることにする。

丁寧に仕事がされた江戸前の鮨は、遥風が知る回転寿司とはまったく別物だった。まさしく雲泥の差。

カウンターの一段高くなった場所に皿のかわりに置かれたのはゲタではなく青々とした大きな笹の葉で、その隅に自家製だというガリが山高に盛られる。一貫ずつ提供される鮨は、シャリも程よいサイズで、口に入れると米がほろり……と崩れる。

「おいしい……！」

子どもは素直だ。

惟は高い声で感動をあらわにし、櫂は頬張った鮨を咀嚼しながら大きな目を見開く。

烏城と遥風に提供されたのは白身と包丁目も美しい烏賊《いか》だった。ともに粗塩が振られ柑橘《かんきつ》が添えられている。

烏賊のにぎりを口に運んで、遥風は櫂同様に目を見開き、双子と顔を見合わせた。

「美味しい……！」

双子が自分のことのように顔を綻ばせる。

「おいしいね！」

「美味しいね〜」

微笑ましい光景を見て、職人と女将が目を細める。

「えんがわください！」

「ぼく、トロサーモン」

双子は遠慮なく高級ネタをオーダーしてくれる。その横顔がいつも以上に明るいことに気づいて、そういえば自分以外の誰かと外で食事なんて久しぶりのことだと気づいた。嬉しくてしょうがないという顔だ。

双子の楽しそうな様子を見たら遥風も嬉しくなって、烏城に勧められるまま普段はあまり飲まない日本酒を口にした。喉越しの良さに、ついつい進んでしまったというのが本当のところだ。

烏城は口数多いタイプではないようだが、聞き上手というか、ついついこちらのほうから口を開いてしまう。仕事の内容に言及できないのもあって、もっぱら話題は子育て失敗談ばかりになった。

「はじめは目玉焼きもトーストも真っ黒焦げにしちゃって」「洗濯物はしわくちゃだし」「お迎え遅れて幼稚園の先生には叱られてばかりで結局預け先変えることなっちゃったし」などなど……。

くだらない話に、烏城はひとつひとつ相槌《あいづち》を打って聞いてくれる。ぶっきらぼうに聞こえる口調と仕立てのいいスーツを着こなす外観とのアンバランスさも、鷹揚《おうよう》な笑みに包まれれば、大人の男の包容力へと変化する。

「お仕事は？」と尋ねたら、「会社経営を」と返された。詳しい職種には言及されなかったので、それ以上尋ねることはしなかった。

「はるちゃん、ちゃわんむしたべていい？」

櫂がおずおずとねだる。茶碗《ちゃわん》蒸しは櫂の大好物だが、遥風にはハードルが高くて、つくってやったことがない。

「いいよ」と頷いて、「銀杏は抜いていただけますか？」と女将に頼んだ。

銀杏には食べ過ぎると毒になる成分が含まれていて、小さな子どもに与えるのは注意が必要だ。体質的に合わない場合は一粒でも毒になるから遥風も気を付けてねと、姉から聞かされたのは、遥風と義兄が銀杏を使った市販の菓子をつまみに晩酌をしていたときのことだったと記憶している。双子が離乳食を卒業したころ、夕食に招かれたときのことだ。

そんな何気ない日常の光景を思い出すたび、胸が締め付けられる。けれど、双子のまえで泣き言は言わないと決めている。

「惟、海老《えび》はいいのか？」

「たべる！」

「櫂、イクラは？」

「いいの？」

双子の世話を焼く遥風を、烏城は猪口を片手に微笑ましく見ている。空いた頃合《ころあ》いを見計らったように酒器を向けられて、すでに顔が熱いのを自覚しながらも、「じゃあもう一杯だけ」と何度も酌を受けた。

「若くてカッコいいパパでいいわねぇ」

食後、双子のために水菓子の盛り合わせを出してくれた女将が、「お行儀がいいのね」と双子の食事風景をほめてくれながら言う。

「はるちゃんはパパだけどパパじゃないの」

惟が、いつもと同じ説明を返した。

遥風が姉夫婦の子を預かっているだけではないと、会話から察しているのだろう、女将は「そう」と頷いて、「惟ちゃんも櫂くんも、〝はるちゃん〟が大好きなのね」と笑う。

叔父でありお兄ちゃんであり、そしてしばらくまえにパパになった。遥風の複雑な立場を、ふたりが呼ぶ〝はるちゃん〟という呼び名に込めてくれたのだと理解した。

「だいすき！」

双子の声がそろう。

「トーストまっくろだけど」

「めだまやきもまっくろだけど」

「でもすき！」

泣かせるようなことを言ってくれる。前の二言が余計だが。

「ありがとう。僕も惟と櫂が大好きだよ」

鼻の奥がつん……として、こみ上げるものを懸命にこらえる。

「美味しいですね、たまには日本酒もいいなぁ」

へへ……と、笑ってごまかすと、すかさず烏城が酒器を差し出してくれた。

「いただきます」

きっとすぐにまた帳場に駆り出される。いいことではないがそれが現実だ。また子どもたちのために割ける時間が減ってしまう。そんな自分でも、ふたりは〝もうひとりのパパ〟として慕ってくれる。がんばらなくては、と思う。

「大将、彼に玉子を握ってやってくれ」

「かしこまりました」

双子に、ではなく、自分に、という烏城のオーダーに内心で首を傾げた。提供された鮨屋特有のふんわりとした玉子焼きの握りは甘く、どこか郷愁をそそる味で、やさしい気持ちにしてくれる。

多くを語らない年上の男性の醸す包容力に安堵して、ただでさえ喉越しのいい酒が、ますます進んでしまってまずい。

そう思う理性は充分にあったのに、自分が決してアルコールに強いわけではない自覚も持っているのに、この夜遥風は、すっかり酒を過ぎてしまった。

満腹になった子どもたちが、水菓子を食べている途中でフォークを握ったまますうつらうつらしはじめていることに気づいて、寝かせてやらなければ……と考えたあたりまでは、自身も記憶があった。

女将さんが、「座敷で寝かせてあげましょう」と言ってくれたことも、うっすらと覚えている。

だが、遥風の記憶は、どういうわけかそのあとブツリと途切れて、次に気づいたときには、視界に映る光景はまったく違うものになっていた。

――……？

自分は鮨屋のカウンターで鮨を食べていたはず……。

薄暗い視界はなかなか焦点を結ばず、状況把握に時間がかかる。

身体に感じる振動は、よく知るものに比べてかなり静かだが走行中の車のものだとすぐに理解した。

――車……？

膝の上に感じる自分の体温より高い熱は、たぶん双子のもの。抱き寄せた手にやわらかな髪が振れている。

では、双子とは反対側に感じる体温は？　ゆるぎない何かに自分は身体をあずけて寝入っていたのだ。

まどろんでいたいと訴える瞼を気力で押し上げる。

長い睫毛《まつげ》を瞬くと、「起きたか」とすぐ近くから低い声が落とされた。

「……？　……っ!?」

ようやく視界が焦点を結び、同時に頬に感じる熱が声の主《ぬし》の体温だと気づく。誰かなんて、視線を上げずともわかる。烏城だ。

「す、すみま――」

「しっ」

静かに……と低い声で制されて、遥風は声を呑んだ。そして、起こそうとした身体の動きを止める。

「よく寝ている。じっとしていろ」

烏城の言葉は、遥風の膝枕《ひざまくら》ですやすやと眠る双子に向けられていた。遥風が動くと双子を起こしてしまうというのだ。

「寝ているといい」

「い、いえ……」

そういうわけには……と、せめて烏城の肩にあずけている身体を正そうとすると、大きな手に肩を引き寄せられ、まるで遥風が双子にするかのように、頭をぽんぽんと撫でられる。

「もうすぐあのコンビニの交差点だ」

事件のあったコンビニの向かいのマンションだろう？　と確認されて、どうして知っているのかと訝ると、事件のときに双子から聞いたのだという。

遥風に取りすがって泣きじゃくる幼子から話を聞き出したのは、意外にも助手席に座る強面の秘書だと教えられた。そのときにようやく、鮨屋に連れられたとき同様に、運転手の隣に羽佐間の姿があることに気づく。

彼らは、烏城が鮨屋から出てくるまで、どこかで待っていたのだろうか。それも仕事なのだろうが、なんだか申し訳ない気がした。

「僕、どうやって……」

遥風の記憶は、鮨屋のカウンターから車内へと飛んでいる。間の記憶が一切ない。いくら慣れない日本酒を呑んだからといって、ありえない失態だ。今日は自分がもてなすはずだったのに……。

「さすがに一課の刑事さんだけのことはある。細いが意外に鍛えているな」

女性のように軽々と、というわけにはいかなかったと小さく笑われて、遥風はカッと頰に血を昇らせた。

「……っ!?　ご、ご面倒を……」

烏城が抱き上げて車に運んでくれた、ということだ。

余計なお世話かもしれないが……と前置きして、烏城が尋ねる。

「その赤いバッジをつけて双子のシングルファザーをするのは無理があるんじゃないか？」

一度目は変質者に声をかけられた双子を保護してもらい、二度目は強盗殺人犯から守ってもらったうえに倒れた自分を病院に運んでくれ、三度目の今日、美味しい鮨と日本酒に満たされてすっかり寝入ってしまう醜態を晒した若い刑事に、不安を覚えても当然だろう。

「内勤に異動希望を出してたんですけど、どういうわけか一課に異動になっちゃったんです」

刑事を希望する警察官にとって憧れの捜査一課勤務を、予定外だと語る刑事もいないだろう。烏城は呆《あき》れを滲ませた声音で、「警視庁の人事はどうなってるんだ」と茶化し気味に呟いた。

遥風は「ですね」と苦笑で返すしかない。

「でも、辞められないから」

がんばるしかないのだとポツリと吐き出す。

ちゃんと言葉を交わしたのは今日がほぼはじめてと言っていい相手に自分はいったい何を愚痴っているのかと、胸中で自分に呆れながら、烏城の纏《まと》う独特の空気に流されて、つい吐露してしまう。

「せめてあの子たちが小学校に上がるまで……でないと、姉に合わせる顔がなくなります」

何より、自分がそうしたいのだ。家族はもう、あの子たちしかいないのだから。それでも「結構もう、いっぱいいっぱいですけどね」とおどけたように言葉を付け足す自分がいた。

「可愛い顔に似合わず根性があるな」

警察組織では生きにくいだろうといわれて、「そうでもないですよ」と苦笑で返す。

実際問題、強面のほうがハッタリが利くのは事実だ。けれど、そればかりが警察ではない。交番勤務時代には、柔和な面立ちの遥風は重宝された。事件や問題を抱えて駆け込んでくる人ばかりではない。ただ道を尋ねたいだけの人もいる。

凶悪事件を扱う捜査一課でも、全員が全員強面である必要はない。あるとすれば、犯人に対して以上に対同僚対策だろう。ようは、軽んじられるのだ。子どものような顔をした刑事に、殺人事件捜査が務まるものか、と……。

そんな話をする間も、遥風は烏城の肩に頰をあずけた格好で、なんだか落ち着かない気持ちを味わっていた。なのに、誰に話したこともない感情を吐露しているのだから、不思議だ。

子どもたちはよく眠っている。でも、かわいそうだけれど、車を降りるときに起こさなければ。

車窓の景色が見慣れたものへと変化する。遥風は「適当なところで止めてください」と言ったのだが、ひとりでは子どもたちを運べないだろうといわれて、結局マンションの車寄せまで送ってもらうことになってしまった。

遥風が双子の肩をゆすろうとすると、それも止められる。

「羽佐間」

烏城の呼びかけに頷いて、助手席から強面の男が降りる。運転手が開けたドアの影に羽佐間が身をかがめた。遥風の膝からまずは惟をそっと抱き上げ、烏城は羽佐間の腕に託す。次いで櫂を自分の腕に抱いて車を降りた。遥風にドアの開錠を促してくる。

いかに双子が幼くても、遥風の腕にふたり一度には抱き上げられない。烏城の気遣いに甘えて、遥風は暗証番号を押し、オートロックのエントランスを開けた。

もともとは姉夫婦の自宅だった部屋は、中層階にある。

玄関を開けてすぐに、失敗に気づいた。昨日、取り込んだ洗濯物を畳む時間がないままソファに放置して、今朝も手を付けている余裕はなく、そのままになっている。朝食の洗い物は……食洗器に放り込んだ記憶を掘り起こしてひとまず安堵した。

いずれは間仕切りで二間に分けられるように設《しつ》えられた子ども部屋に、今はシングルベッドがひとつ。

パジャマに着替えさせてやりたいが、それはあとにする。

いつものようにベッドに並べて寝かせ、惟のツインテールだけそっとほどいてやる。櫂の枕元には大きなテディベア。

双子が目を覚まさなかったことに安堵して、遥風は烏城と羽佐間を促し部屋を出た。

お茶くらい出したほうがいいだろうと思い、声をかけようとすると、その間もなく羽佐間は玄関を出て行ってしまう。烏城は足を止めて遥風を振り返った。

「あの、お時間がよろしければ、御礼にお茶でも……」

羽佐間と運転手も一緒に……と言うと、烏城は「今日はもう遅い」と腕時計を見た。

まだ日は変わっていない。いい大人にとっては宵《よい》の口だ。だが、幼い子どもと暮らす親にとっては充分に遅い時間とも言える。

「寝られるときに寝ておくことだ」

いつ呼び出しがかかるかしれないのだから、と遥風以上に警察の在り方を知っているかのような口ぶりで言う。昔はかなり適当な脚本だったと聞く警察をモデルにしたドラマや映画が、今やある程度のリアリティを追求するようになって、そういった情報や認識が一般に浸透しているのだろう。

「おやすみ」と、背を向けようとする男の広い背中を、遥風は慌てて呼び止めた。

「あ、あのっ、よろしければ連絡先を教えていただけませんか?」

強盗殺人事件に関して聞きたいことが出てくる可能性もあるし……と、付け足しでしかない理由を告げる。自分でも、どうして呼び止めてしまったのか、よくわかっていなかった。

ドアノブに手をかけた恰好《かっこう》で足を止めた烏城は、少し考えるそぶりを見せて、遥風が迷惑だったかも……と肩を落としかけたタイミングで、ふいに手を伸ばしてくる。

「……え？」

前ボタンを外していたスーツのジャケットのなかにスイッと手を差し込まれて、抗《あらが》う間もなく腰を引かれた。

何事？　と目を瞠る遥風の鼓膜が、パチンとホックを外す音を拾う。成人男性にしては細い腰を撫でるように引かれた手に、ベルトに着けるタイプのケースに収めていた私用のスマートフォンが握られていた。官給品は胸ポケットのなかだ。

「え⁉」

今の隙に？　抜かれた？

驚いて言葉もない遥風の眼前にディスプレイを向けて、「解除してくれ」と言う。

六桁《けた》の暗証コードをタップして立ち上がったホーム画面には、双子の写真が壁紙に設定されている。それを見て目を細め、烏城は電話アプリを立ち上げると、素早くナンバーを打ち込んだ。コールボタンは押さず、そのまま遥風に返してくる。

「何かあればいつでも呼び出してください」

電話でもメッセージでも構わないと言われて、遥風は慌てて打ち込まれたナンバーを連絡先に登録した。

「烏城……」

苗字は聞いているが下の名前は聞いていない。打ち込む手を止めると、「辰也《たつや》です」と返される。

急ぎ入力して、保存した。

スマートフォンを握る手に力がこもるのはなぜだろう。不思議な高揚感がじわじわと襲う。

「おやすみ」

「おやすみ…なさい」

下まで見送りに出ようとする遥風を、子どもたちの傍にいたほうがいいと止めて、ドアが閉められる。その向こうに消える背中に、遥風は今一度「ありがとうございました」と頭を下げた。

遥風が、御礼と言って烏城を引き留めたにもかかわらず結局鮨屋の支払いをしていないことに気づいたのは、双子の寝顔を充分に堪能《たんのう》したあと久しぶりにゆっくりと風呂《ふろ》に浸《つ》かっていたタイミングでのことで、慌てて湯から上がって、時計を見て電話は諦め、教えてもらったばかりのナンバーに御礼とお詫びのメッセージを送信した。

巷《ちまた》でよく使われるメッセージアプリと違い既読マークのつかないそれは、相手が読んでいるのかレスが来るまでわからない。

五分ほどして、「おやすみ」と、ひとことだけ返されるメッセージ。ちゃんと寝るようにと言ったのにまだ起きているのかと年長者に叱られたようで、自然と口元が緩む。気にかけてもらえるのが嬉しかった。

「おやすみなさい」と返して、端末を充電コードにつなぐ。

双子の部屋のドアをそっと開けてぐっすり眠っているのを確認し、自室のベッドへ倒れ込む。明日の朝ごはんは……ああダメだ、炊飯器のセットをし忘れた。お米とがなくちゃ……と思った瞬間には、遥風は眠りの淵《ふち》に吸い込まれていた。

3

大方の予想どおり、本庁待機は二日で終了となった。治安がいいといわれる日本でも警察はこれほど忙しいのに、諸外国はいったいどんな状況なのか、想像の範疇《はんちゅう》を絶する。

「子どもたちとゆっくりできなかったな」

自身も子持ちの先輩刑事が、遥風の耳元でこそっと気遣ってくれた。遥風の事情は同僚たちの知るところだが、家庭を持つ大半の捜査員が皆家庭を顧みられない状況にあるのは同じであるため、言及にしくい事情がある。

「融通を利かせてもらえる保育所にあずけられたので、なんとかなってます」

一緒にいられる時間が少ないのは寂しいけれど……と苦笑すると、「もっと一緒にいてやりゃよかったって、あとになって後悔しても遅いからな」と励ますように背を叩かれる。

たしか中学生になる娘と小学生の息子がいたはずだ。家庭の事情はわからないが思うところがあるのだろう。

あの夜以来、双子は「おすしおいしかったね」が口癖……いや常套句《じょうとうく》になっている。朝、遥風の用意したトーストとプチトマトを添えた目玉焼きにかぶりつきながら、「おすしおすし」とうるさい。実際、烏城がいくら支払ったのかはわからないが、店構えを見る限り、刑事の安月給では早々連れて行ってやることのできない店であるのは間違いない。

だが、双子の本音は、どうやら鮨以外のところにあるようで、「おじちゃん、またあそんでくれる？」と櫂が口にすれば、「おにいさん、でしょ」と惟が訂正を入れる。烏城が鮨屋に連れて行ってくれた一連の時間そのものが、楽しかったようなのだ。

たぶんきっと、烏城が足を向けたのがファミレスだったとしても、子どもたちの反応は同じだったろう。

寂しい思いをさせている。わかってはいるが、遥風が事件捜査に走り回るのは、子どもたちのためでもあるのだ。もちろん警察官としての使命が何より優先されるのは当然のことだ。でも生活も捨てられない。

臨場した現場は、都会にあって住民に憩いの場として親しまれている公園の一角だった。

定期的に手入れはされているものの樹木が生い茂り、遊歩道やランニングコースからは死角になっている。その植え込みの陰で発見された他殺体。

第一発見者は犬の散歩途中の中年男性で、悲鳴を聞いて駆け付けた散歩途中の近隣住人がほかに三名。一報を受けてかけつけた機動捜査隊員が聴取済みだ。

所持品から被害者の名前も素性もすぐに割れた。

「面倒だな、組対四課がでばってくるぞ」

毒づいたのは、班で一番血の気の多い捜査員。組対四課というのは、組織犯罪対策四課の略で、一昔前はマル暴と呼ばれていた、暴力事件を扱う部署のことだ。

「ヤクザですか？」

「三下のチンピラのようだな」

身元照会をしたところ前科二犯と判明、前歴者リストに「誠和会《せいわ》系丹羽《にわ》組準構成員」との記述があった。準構成員――ようは虎《とら》の威を借るだけのチンピラだ。

所轄署に設置された帳場――捜査本部で、組対四課との合同捜査になることが告げられ、先輩刑事が「めんどくせぇ」と呟く。

「誠和会か……いまあそこは祥 龍会《しょうりゅう》とゴタゴタしてたんじゃなかったか」

別の捜査員が「完全に四課マターじゃねぇか」と唸《うな》った。

ようは、ヤクザ者同士のゴタゴタ――抗争だろうというのだ。だが、それが捜査の本筋だったとしても、他の可能性を完全につぶさない限り決めつけることはできない。

――組織犯罪か……。

一課が扱う凶悪犯罪とは、また毛色が違う。メンツなどという意味不明な大義名分を掲げて行われる凶悪犯罪は、ヤクザ者同士が争っているだけなら好きにしろと言ってしまいたいところだが、一般人が巻き込まれる危険がある限り、野放しにはできない。

「誠和会も祥龍会も広域指定を受けている暴力団だ。組織ぐるみの抗争と判明すれば、使用者責任を問うこともできる」

捜査会議の席、前方の雛壇《ひなだん》にならぶお偉方の面々のなかで、主導権を握っていたのは組対四課長だった。当然、捜査一課の刑事たちは面白《おもしろ》くない。だが、管理職のなかで唯一、キャリア組ではなくノンキャリアのなかから選ばれる捜査一課長の椅子に座る叩き上げ刑事のトップに立つ男は、少々のことでは動じないことで知られた人物だ。四課長の好きにさせながらも、思うところがある様子だった。

今回の帳場で遥風がコンビを組むことになったのは、所轄の組対課のベテランだった。マル暴というと、どっちがヤクザかわからないような風貌の刑事を思い浮かべるが、相棒のベテラン刑事はいかにもな強面で、だがニッと笑うと目尻に皺が刻まれる。孫が生まれてからこれでもすっかり丸くなったのだと笑った。

遥風の風貌を見て、「一課も変わったもんだな」と感想を呟き、それに対して遥風が気分を害するでもなく「僕もそう思います」と返したら、豪快に笑ってくれた。どうやら気に入られたらしい。

「情報をくれそうなやつに心あたりがあるんですが、自分の案内で構いませんか？」

「お任せします」

案内は所轄の刑事に任せるに限る、というのは同班の先輩刑事の受け売りだが、班長のそうした姿勢が徹底されていることが所轄署にも知られているのかもしれない。所轄署の捜査員にしたところで、本庁風を吹かせる捜査員より、所轄を立ててくれる相手と組みたいだろう。

「祥龍会の大物ですが、話の分かる男です」

被害者が所属している組織と対抗している組織の幹部に会うという。「大丈夫なんですか？」と尋ねると、ベテラン刑事は「ビビりなさんなよ」とニヤッと笑った。

「見た目はどこぞの若社長にしか見えん色男ですが、生粋の極道です。だから、話もできる」

暴力団ではなく極道だという。

「生粋？」

「公にはされてませんが、祥龍会の前会長が愛人に産ませた子なんですよ。育ての親は現会長の右腕と言われている幹部です」

生まれながらの極道だが、だからこそチンピラとは違うのだとベテラン刑事は言った。

「任侠道、ってやつですか？」

警察学校でも教えられたし、知識としてはわかるが、地域課勤務時代に遭遇したのは、薬物を売りさばいたり、水商売で女性たちをひどい目にあわせたりするようなチンピラ暴力団員ばかりで、ベテランの刑事にこうも言わせるような、本物の極道にはお目にかかったことがない。まだ若い遥風には前時代の遺物のようにも思える。

道すがら説明を受けながら案内されたのは、都心の一等地に立つオフィスビルだった。

「……え？　ここに組事務所が？」

「まさか。会社のオフィスですよ」

暴対法の施行によって、組事務所に看板を掲げるだけでも摘発対象とされるようになった。頭のいいヤクザ者は昔ながらのシノギ——収入源を捨てて不動産や金融に手を出し、バブルの時代には経済ヤクザなどともてはやされたらしいが……バブルはもう四半世紀も過去の話だ。

その後、不況のあおりと警察の締め付けによって、そういった組織は力を失い、今残っているのは幾つかの大きな組織だけだと聞いている。祥龍会も誠和会も、その大きな組織のひとつだ。

世の中、どんなに不況になっても、金が集まるところには集まる。だからといって、こんな場所にヤクザのフロント企業が？

遥風が唖然とするのも無理はない。目の前にあるのは、有名企業もテナントとして入っている真新しいインテリジェントビルなのだから。

「こんなところにオフィス……？」

ヤクザが？　と疑問をのぞかせる。

「オーナーの会社が最上階に入っていても、文句を言う者はいないでしょう」

返された応えに、今度こそ遥風はあんぐりと目を瞠って絶句した。

だが、この十分後に、それ以上の驚きと困惑が待っているだなんて、いったい誰が想像するだろう。

受付で要件を告げると、直通エレベーターへ案内される。それで最上階に設けられたオフィスへたどり着くと、エレベーターの正面にまた受付が設けられている。だがそこに、笑顔の受付嬢の姿はなく、かわりにタブレット端末が一台。それで該当部署を呼び出す方式らしい。

ますます、本当にここが広域指定を受ける暴力団幹部が経営する会社なのかと疑問が濃くなる。暴対法はどうした？　と、激しく問いたい。

そんな、ある意味呑気ともいえる感想を抱きつつ、応対に出てきた若い男性社員――まったく一般人にしか見えない――に案内されて、重厚なドアの前に立つ。

若い男性社員がノックすると、「どうぞ」と低い声が返された。

――……？

どこかで……と、このタイミングで過った自分の記憶力をほめてやりたいと思えたのは、だいぶあとになってから。このときは、直後に襲った衝撃に耐えるのが精いっぱいで、そんなことを考える余裕はなかった。

「邪魔するぞ」

ベテラン刑事が部屋のドアを開けて、中へ声をかける。訪問者の口調ではないが、相手が相手だから遠慮はいらない、ということか。

「アポをとってくださいとあれほど――」

「わかったわかった、悪かったよ」

出迎えたのは、強面の大柄な男。記憶にあるものと鼓膜に直接聞こえる声が合致する。この時点で、遥風の思考はほぼフリーズに近い状態だった。それに決定打が加えられる。

「お久しぶりです。相変わらずですね」

大柄な男の肩越し、奥から届いた低く艶《つや》のある声に、遥風は息を呑んだ。ゆるり……と目を瞠る。

――……っ!?

聞き覚えがありすぎるそれに、心臓がバクンッ！　とひどい音を立てた。

「とっくに定年かと……元気そうでなにより」

「まだ三年ある」

年寄り扱いするな、と返す刑事に、プレジデントチェアに背をあずけていたこの場の主が愉快そうに笑ってみせる。

その目が、馴染みの老刑事の一歩後ろに呆然とたたずむ遥風を捉えて、わずかに眇《すが》められた。

その反応を、ベテラン刑事は、違う意味に受け止めた。「今組んでる、本庁の若手だ」と、短く紹介してくれるが、そんなものは遥風の耳に入らない。

「どういった御用で？」

「今朝がた起きた事件の件でな」

刑事の言葉に頷いて、「どうぞお座りください」とソファを勧める。

傍らのベテラン刑事は早々にどかりと腰を落としたが、遥風は腰を下ろす前に、まるで惚《とぼ》けたふりの男に、まっすぐに視線を向けた。

「本庁捜査一課の木野崎です」

声が掠《かす》れたのは気のせいだと胸中で己に言い聞かせる。ばかばかしい自己紹介をして、身分証も開いて見せる。

それに頷いた長身の男は、動揺のかけらも見せることなく、今一度遥風に座るように促して、自分も向かいに座った。そしてローテーブルに名刺を一枚滑らせる。

「烏城です」

差し出された名刺には、社名と肩書、住所に電話番号、メールアドレスといった、ごく一般的な情報が印刷されていた。

真ん中に、間違いなく烏城辰也と記載されている。肩書は代表取締役兼ＣＥＯ。名実ともにこの会社のトップということだ。

名刺に手を伸ばしたものの、取り上げることができないまま、遥風はその手をひっこめた。指先が震えていることに気づいたためだ。醜態は晒したくない。

くそっ！　と胸中で毒づく。

だが今、その感情を表に出すことはできない。素知らぬ顔を通さなくてはならない。

「事件とのことですが」

「この男に見覚えは？」

烏城の問いかけに、老刑事は早々に本題を持ち出した。被害者の顔写真は、免許証に使われたものからプリントして捜査員に配布されたものだ。

烏城の視線に促されて、ドアを開けた大柄な男——羽佐間が写真をのぞき込む。一瞬遥風に視線をよこしたものの、何も言わない。

「誠和会傘下丹羽組の準構成員ですね」

組織の幹部が、別組織の三下の顔と名前を記憶していることに、遥風は驚いた。「相変わらずとんでもねぇ記憶力だな」と老刑事も感嘆を通りこして呆れている。

「今朝がた死体で発見された。あんたんとこの上、誠和会と睨み合ってるだろ」

「誓って自分は関与していませんが、他の組が何をしているかは保障しかねますね」

「おいおい。いずれはあんたが継ぐんだろうが。そんなことでいいのか？」

「自分など幹部の末席です。跡目候補はいくらでもいる」

「隠居した先代はあんたに継がせたがってるって聞いたぞ。兄貴派と戦争になるんじゃねぇか？」

「自分のような者が跡目など、ありえないでしょう」

「そうかな」

極道者としての烏城について事前の知識は来る途中にベテラン刑事から聞かされた話だけだ。要点を口にしない会話は要領を得ないものだったが、断片から遥風はどうにか理解した。

——跡目……？

つまりはそれほどに、目の前の男が組織において力を持っている、ということだ。血筋だけで跡目を継ぐことはできない。腕っぷしも器量も経済力も、すべてにおいて実力だけがものをいう世界だ。

「最近、薬対のほうが忙しくはありませんか？」

「……薬対？　シャブか？」

薬対は、銃器薬物対策課の略称。シャブは覚醒剤《かくせいざい》のことだ。薬対は、今は組対五課に組み込まれ、そのなかで銃器犯罪担当と薬物事案担当とに分かれている。

刑事の質問には答えず、かわりに烏城は「マトリに先をこされなければいいのですが」と口角を上げた。マトリとは麻薬取締官のことだ。つまり、丹羽組に麻薬摘発の手が入ろうとしている、ということ。

――情報提供?

遥風は黙ってふたりのやりとりを聞く。

「表向き誠和会でもシャブはご法度のはずだ」

「本音と建て前は別ですからね」

暴対法対策のために表向き何を言おうが、ヤクザのしのぎは昔から変わらないと小さく笑って言う。

「おまえさんは?」

「うちは正直な商売しかしてませんよ」

烏城が苦笑で返す。

「商売、ねぇ。よほど有能なファンドマネージャーを雇ってるんだな」

株と投資と先物取引が主な収入源らしい。となると会社は資産運用のための器。ワンフロアを借りきった広いオフィスには、さほどの人数の社員もいない可能性が高い。全員が組織にかかわっているのか、あるいは何も知らずに雇われている者もいるのか、そのあたりは定かではないが。

そこへ、先ほど案内してくれた若い男性社員が、コーヒーカップが三つ乗ったトレーを手に部屋に入ってきた。

とてもいい香りが鼻腔《びこう》をくすぐって、遥風は「どうぞ」とローテーブルに置かれた品のいいコーヒーカップに視線を落とした。紙やプラスティックでできたオフィス用の消耗品のカップではない。ヨーロッパの名窯のものだ。

公僕がヤクザから飲食の提供を受けることはできない。無視する気でいた遥風の横で、老刑事は躊躇なくコーヒーカップを取り上げる。

「……!? あの……っ」

慌てて止めようとしたが遅かった。唖然とする遥風を横目に、老刑事は満足げに微笑む。

「ここのコーヒーは旨《うま》いですよ。バカ丁寧に豆から挽《ひ》いてドリップで淹《い》れてくれますから」

下手な専門店以上の味だと言われても、そうですかと手を伸ばすことは躊躇《ためら》われた。飲食の提供を受けることは、職務上の賄賂《わいろ》と受け取られてもしかたない行為だ。

だが、ベテラン刑事は、まるで取り合わない。平然と旨い……らしいコーヒーに舌鼓を打っている。

まさか、両者の間に金銭の授受があるなんてことは……。

「お若い刑事さんも、冷めないうちにどうぞ」

暗に、すでに飲食の提供を受けているのだから構わないだろうと言われた気がした。ここでそれに言及されても困る。

「いただきます」

先輩捜査員のやり方に倣ったのだという体で、ソーサーを取り上げ、コーヒーカップを口に運ぶ。

大げさではなく、本当に美味しいコーヒーだった。

優秀な刑事は常に何人かのSと呼ばれる情報源を飼っている。微罪を見逃すかわりに、重大犯罪にかかわる情報を提供させる関係が主だ。

帰り道、烏城はSなのかと尋ねると、前を行くベテラン刑事は「いいや」と首を横に振った。

「そんなタマに見えましたか？」

その程度の男ではないという。この刑事は、やけに烏城を買っている。

「見た目は派手だが、なかみは親父ゆずりの今時めずらしい任侠者です。ココが、恐ろしいほどまわる。敵にするより、手を結んだほうがいい」

ココの部分で、ベテラン刑事は人差し指で自分の側頭部を指すジェスチャーをした。

「でも、ヤクザです」

犯罪者だと返すと、「あいつの経歴は綺麗《きれい》なもんですよ」と、また論点をすり替えられた。

「そういう意味では……」と正論を口にする遥風に、定年まで数年と迫ったベテラン刑事は「まぁ、そういう時代ですな」と肩を竦《すく》めるのみ。

遥風には理解できなかった。

昔は、組事務所に上がり込んでは高級な鮨だの鰻《うなぎ》だのを要求して、本来の職務をまっとうすることなく帰っていくマル暴の刑事もいたと聞くが、今それをやったら確実に処罰の対象となる。

「情報が得られたんですから、いいじゃないですか」

薬対とマトリの件に加えて、烏城は丹羽組と薬物売買において対立関係にある売買組織の情報まで提供してくれた。こちらは同業ではないからか、遠回しな言い方ではなく、中心人物の名前から犯罪が行われている地域まで、かなり正確と思われる情報を、交換条件もなく教えてくれたのだ。

「情報が正しい保障なんて――」

「それをこれから確かめに行きましょう」

捜査会議まではまだ時間がある、と老刑事が言う。老いても犯罪者を追う嗅覚は衰えていないと思わされる、鋭さのある声音だった。遥風は黙って、ベテランの仕事ぶりをうかがっているよりほかなかった。

朝夜の捜査会議には、得られた情報を持ち寄り、張り込みなどに充てられている数名をのぞいて帳場に詰める捜査員全員が顔を合わせることになる。

捜査会議が終わったのは、日付がかわるまであと半刻と迫った、深夜といっていい時間だった。

「やばい、ふたりを迎えにいかないと……」

きっともう寝ているだろう。睡眠の途中で起こすのは忍びないが、泊まることはできないからしかたない。

烏城に会いたがっていた双子になんて説明をしたらいいのだろう。

何も言わないのが一番だが、言わなければ言わないで、より楽しい何かを経験するまで、ふたりはずっと烏城の名を口に上らせつづけるだろう。それを聞くのは、遥風にとっても苦痛だ。

所轄署から最寄りの駅まで歩く途中で、終電ぎりぎりであることに気づいて駆け出す。点滅して赤に切り替わろうとする歩道の信号を恨めし気に見ながら、まさか刑事が信号無視をするわけにもいかない。できるとすれば切り替わる前にダッシュで駆け抜けることと判断する。

その遥風の行く手を、信号に駆け出すタイミングで、黒い物体がふさいだ。スリーポインテッドスターのエンブレムも眩しい、黒塗りの車だ。横から滑り込んできて、あからさまに遥風の足を止める。

終電に間に合わなくなる！　と焦る遥風の前で後部シートのドアが開き、長身の男が降り立った。

遥風は驚きに目を瞠る。

「烏城……」

呟いたのは無意識のうち。唖然としている間に二の腕を摑まれ、車内に引きずり込まれる。反射的に抗ったが、摑まれた腕はビクともしなかった。

この前と同じ運転手、助手席には羽佐間。バックミラー越しにチラリと視線をよこしたものの、それだけ。目的地が知れないまま車は静かに走り出す。

「なに……っ」

どこへ？　と焦ると、烏城はさも当然と返してきた。

「ガキを迎えに行くんだろ」

そのために急いでいたんだろうと指摘される。

「……っ!?」

そうだった。この男には、双子の所在を知られている。怒らせるのは得策ではない。けど……。

遥風の内心の葛藤《かっとう》を読んだかに、烏城は苦く笑った。

「素性が知れた途端、その態度か？」

この前はあんなに愛想よく笑いかけてきたのにと揶揄口調で言う。自嘲《じちょう》を孕《はら》みつつも、どこか愉快げに聞こえる声音だ。

「……騙《だま》したんですか？」

耐えられなくなって、言葉が零れた。

烏城の隣で、身をこわばらせ、膝に拳を置いて、遥風はじっと自分の手を見つめる。

そんな遥風を横目に見つつ、烏城はひとつ息をついて、「騙すもなにも」とまた少し軽い口調で返してきた。

「何も訊かれていないし、嘘《うそ》をついてもいない」

「……っ」

そうだ。烏城は嘘をついていない。本当のことをしゃべらなかっただけだ。

「卑怯《ひきょう》だ……」

遥風が刑事であることは最初に名乗っている。

なのに烏城は、自分が警察と敵対する存在であることを語らなかった。それが当然なのだろうが、老刑事の態度を見る限り、烏城が犯罪に手を染めていないというのは真実に違いない。だったら、素性を明かしてもよかったはずだ。

「車、止めてください」

言葉は返されない。

「止めてください！」

強い口調で隣の男に縋っても、「もう着く」と短く返されるのみ。事実、保育所周辺の風景を遥風の網膜は映しはじめていた。

「そこで！　その角で止めてください！」

保育所まで行かれるのは困る。

「心配しなくても迎えの保護者の目にとまるような場所には車を止めない。安心しろ」などと言われて、頷けるはずがない。

双子を預けている保育所まであと少しの角で、車は停車した。遥風はドアロックが外された直後に車を飛び出し、駆けた。

いつもの保育士が迎えてくれる。奥から園長も。

「こんばんは。そんなに慌てなくても大丈夫ですよ。今日は――」

園長が、「あら？」という顔で、遥風の肩越し、背後に視線を上げた。

「……？」

「手伝おう」

心臓が竦み上がった。

烏城が「子どもたちは？」と園長に言葉をかける。

「大丈夫です。もう――」

帰ってくださいと言うまえに、烏城は園長に断って奥へと入っていく。園長の娘の保育士が、双子についていてくれた。

遥風が慌てて惟を抱き上げると、止める間もなく烏城が櫂を抱き上げる。

「やめてくださいっ」

保育士に怪訝に思われないように小声で制しても、烏城は取り合わない。

「ひとりでどうやって双子を連れ帰る気だ？」

「タクシーを……」

「マンションの部屋までは？」

「……っ」

ひとりで双子の世話をするのは無理だろうと言われて、返す言葉が見つからない。「起こすのは忍びないだろう」と言われて、それ以上の言葉を呑み込まざるをえなくなった。

「なにもかもひとりで抱え込もうとするな」

嘆息とともに言って、烏城は「遅くまで世話になった」と、勝手に園長にあいさつをしてしまう。

セキュリティ意識の高い園であっても、迎えの親と一緒にいる人間相手に、警戒心を向けるようなことはしない。

「まぁ、助っ人がきてくださって、よかったですね、遥風さん」

「え、ええ」

園長の言葉に、口元を引きつらせつつ返す。

櫂を人質に取られている以上、逆らえない。しかたなくまた車に戻り、自宅まで送られる。

前回、部屋にまで上げてしまった自分の行動をいまさら呪《のろ》った。刑事なのにセキュリティ意識が薄すぎる。けれどあのときは、ただただ烏城の存在が頼もしかったのだ。だからつい甘えてしまった。

車中でも、マンションのエレベーターのなかでも、眠っている子どもたちを気遣ってか、烏城は言葉を発しない。

自分はともかく、せめて子どもたちとは二度と接触のないように注意しなくては……と、思う傍から、予定外の事態が起きる。

そっとベッドに寝かせたときには眠っていたはずの櫂が、遥風と烏城が子ども部屋を出ていく段になって、目を覚ましてしまったのだ。

櫂が小さな手で瞼をこする。つぶらな瞳がゆっくりと開かれる。

慌てて烏城の背を押したが遅かった。

櫂の表情がみるみる綻ぶ。

「おじちゃん！」

きてくれたの？　と烏城に満面の笑みを向け、ベッドを降りて駆け寄ろうとする。

「ダメ！」

脊髄反射で怒鳴っていた。

ビクリ！　と小さな身体をふるわせて足を止めた櫂が、表情をこわばらせる。

しまった、と思ったが、もはや取り繕えない。

大きな瞳に、みるみる涙が浮かんで、ふぇぇ……と喉を震わせる。それにシンクロしたかに、眠っていたはずの惟が起きだし、理由などわからないはずなのに、悲し気に顔を歪める。

直後、うえぇぇぇんっ！　と双子がそろって大泣きしはじめて、遥風は慌てて両腕にふたりを抱きしめた。

「ごめん……怒鳴ったりしてごめん」

怒ってないから、ちょっと疲れていただけなんだ、と懸命に詫びる。

「大丈夫――」

「帰ってください」

手を貸してくれようとしたのだろう、傍らに片膝をついた烏城を、強い口調で拒絶する。腕のなかの双子は、それに異を唱えるかのように、ますます悲し気に泣きじゃくる。

でもこれだけは譲れない。遥風は警察官で、烏城はヤクザなのだ。子どもたちをかかわらせるなど、もってのほかだ。それは、烏城の人間性の問題ではない。社会的な倫理の問題だ。

烏城を嫌ってのことではないと、頭の片隅で言い訳をする自分に気づいている。だからこそ、受け入れられない。

「助かりました。ありがとうございました。だから――」

横顔にじっと注がれる視線を見返す勇気もないままに、短く言った。

「帰って」

腕のなかの櫂が、「やだ、やだ」と泣きじゃくる。惟はわけがわからないままに、櫂に触発されて泣いている。

子どもたちの姿に後ろ髪をひかれる様子を見せたものの、遥風の態度がかたくななのを見て、烏城は腰を上げた。

「おやすみ」

ちゃんと休め、と言いおいて、烏城の気配が消える。

ややして、玄関ドアの開閉音が届いた。

ヘナヘナと身体の力が抜けて、床にへたり込む。

「ごめん……泣くなってば」

どうしてそんなに烏城を求めるのか、遥風にはわからなかった。自分ひとりじゃダメなのかと、考えたら、切なくて悲しくてたまらなかった。


翌朝、瞼を腫《は》らした双子は、ほとんど遥風と口を利くことなく保育所へ向かった。遥風は努めて明るく接したが、すっかり拗《す》ねてしまったのか、ふたりの反応は薄かった。

その日から一週間、烏城からの情報をもとに、丹羽組と薬物売買組織との関係を洗い出す捜査に奔走した。情報の出どころを明らかにできないために、まだ捜査本部には上げていない。だから、捜査本部から割り当てられる分担の聞き込み捜査にプラスして隠密に行わなくてはならない。

相棒の老刑事の経験値がなければ、遥風には何をどうしていいかわからなかったろう。一方で、遥風の世代故のスキル――相棒の老刑事はスマホの使い方を知らない――が、捜査を助ける場面もあった。

「若いやつらは柔軟だな」と、老刑事は、捜査は足で稼ぐものだといった、古めかしい考えを押し付けるようなこともなく満足げに頷いていた。

そんな状況で、遥風は早朝から深夜まで捜査に駆けずり回り、あずけられる時間いっぱい双子は保育所で過ごす生活。

かわいそうだと思いつつも、深夜に迎えに行って、寝ているのを起こして連れ帰り、また朝早くにあずけに行く。

はやく今回の事件が解決しないと、今度こそ本当に倒れてしまいそうだ。

殺人事件は、四課マターの抗争の色を濃くして、どんどん一課の手から離れていく印象を持ったが、下っ端の遥風に捜査方針を左右する発言など許されるわけもなく、言われた仕事をこなすしかないのが実情だ。

――組織内のゴタゴタなのか、薬物売買に関して密売組織との間にトラブルが生じたか、あるいは祥龍会との……？

まさか……と口中で否定の言葉を転がして、遥風は時計を確認した。そして、驚きに目を瞠る。

「……え!?　もうこんな!?」

夜の捜査会議のあと、提出する資料を作成していたら、保育所へ双子を迎えに行く時間を大幅に過ぎていた。

保育所とつながっているメッセージアプリを確認すると、「お迎え待っています。ご連絡ください」と入っている。

だが、遥風をさらに驚嘆させたのは、次いで受信したメッセージ。双子に持たせているキッズケータイから送られたものだ。送信者は惟の名前になっている。

『おじちゃんとケーキたべてるよ』

目を剝かざるをえないコメントとともに、添付された写真。

映っているのは満面の笑みでフォークを手にした双子だけだが、誰の膝に抱かれているかはいわずもがな。質のいいスーツの光沢のある生地感は、誰のものか想像にたやすい。

「な……っ!?」

うっかり驚きの声を上げて、周囲の注目を浴びてしまう。

だが、構っている場合ではない。

「自分、今日はこれで失礼します！」

所轄署の道場に雑魚寝で泊まり込む捜査員が大半のなか、一番の若手が帰宅しようとするのを、白い目で見る捜査員もいるが、そんなことを気にしていたら、子育てと両立はできない。大慌てで荷物を片付ける遥風の肩を、「気にせず帰りな」と叩いてくれたのは相棒の老刑事で、遥風はありがたく帳場を飛び出した。

所轄署を出るまえに、もう一通メッセージを受信する。

住所が記されただけのそれが何を意味しているのか、わからないわけがない。

地図アプリを立ち上げて気づいた。双子を預ける保育所に近いが、地図上に示される赤いピンは、先日訪ねたオフィスビルとは別の場所を示している。


ぜぇぜぇと息を切らして遥風が該当住所を尋ねあてたとき、双子は広いリビングダイニングに置かれた大きなソファで、二人寄り添ってすやすやと寝息を立てていた。

遥風が一人暮らしをしていた当時に使っていたシングルベッドの百倍は寝心地がよさそうだ。ソファなのに。

同じソファセットのひとり掛け用に、烏城の姿はあった。片手に持ったクリスタルのグラスのなかで琥珀《こはく》の液体を揺らしている。

「な……ど、ゆ……」

どういうつもりなんだ！　と怒鳴りたいのに、息が切れているうえ双子を起こしてしまうかもと考えて声が詰まる。せめてもの抗議で睨んでも、烏城に効き目がないことは端《はな》から承知だ。

「落ち着いてください」

遥風の肩を押してソファに腰を下ろすようにと言ったのは、背後に立った羽佐間だった。ローテーブルに、ペットボトルのミネラルウォーターが置かれる。それを無視して双子の傍らに膝をつき、寝顔をのぞき込む。おだやかな顔で熟睡していた。

「どういうつもりですか？」

「園長から連絡をもらってな」

「……はぁ？」

どうして？　と問う視線を向ける。園が保護者以外に迎えにこさせるなんて、ありえない。

「園長とは古い知り合いでな」

「……そんな話……」

聞いてない、と返しかけて、あたりまえだと胸中で自分に突っ込みを入れてしまう。

「園長の亡くなった兄上は、祥龍会の幹部でした。先代時代のことですが」

端的に説明してくれたのは羽佐間だ。家族であっても堅気は組織と無関係というスタンスが昔気質《かたぎ》の任侠道の在り方だ。だから、マフィアのように一族郎党もろともに報復を受けるようなことはない。返せば、家族が組織に属していたところで、家族には関係のないことだろうし、それどころかかかわり合いたくないというのが本音ではないのか。

怪訝な視線を向けても、烏城はもちろん羽佐間も、それ以上のことは語らない。そのかわりに「園長は責めてくれるな」と烏城が言葉を足した。無理を言ったのは自分だというのだ。

ヤクザ者に預かっている子どもを託してしまうなんてありえない。すぐさま園を変えたいところだが、あそこを見つけられたのも偶然だった。遥風の仕事を考えれば、これ以上融通の利く施設が存在するとは思えない。結論として、転園はかなわない。今でさえ、園にはかなりの無理を聞いてもらっているのだ。

「園長は泊りでも構わないと言ったんだが、明日は園長の孫のピアノの発表会なんだ。行かせてやりたくてな」

様子を見に寄ったら、人気の消えた園に、園長母子と双子だけが残っていたのだという。勝手をしてすまなかったと言われて、遥風は怒らせていた肩から力を抜いた。

「……すみませんでした」

自分のほうこそ迷惑をかけていたことに気づかされて、遥風は詫びた。深い息を吐く。

「捜査会議のあと急ぎの書類作成に追われてて……」

気づいたときには時間を過ぎていたのだと、言い訳でしかないことを言う。いたたまれない。

「ともかく、お世話になりました」

子どもたちを連れて帰ろうと手を伸ばす。それを止めたのは、いつの間に傍らに片膝をついたのか、烏城の骨ばった手だった。

「寝かせておけ」

「そういうわけには……」

じゃあどうしろと？　と胡乱《うろん》に見やる遥風の背後から、慇懃な声がかかる。

「夕食にはハンバーグをお召しあがりになられました。とても楽しそうに、あなたのことをお話してくださいましたよ」

羽佐間の馬鹿丁寧な言葉でハンバーグなどと可愛らしい単語を紡がれると、なんだか妙にシュールだ。

「子どもたちは、羽佐間に懐いてな。相手をしていたのはほとんどやつだ」

「……え？」

「こう見えて、子ども好きなんだ」

そうなんですか……と、強面の男を見上げる。顔を合わせるだけで幼い子どもが泣き出しそうな強面の男に、警戒心の強い双子が懐いたなんて、にわかには信じがたかった。だが、最初から烏城のことも受け入れていたし、幼子の観点はよくわからない。

「ここは俺個人名義の別宅だ。組織は関係ない」

双子にかけられたやわらかなブランケットをそっと直して、烏城が遥風の二の腕を引き上げる。

「どうせ朝早くに捜査本部に戻るのだろう？　ここで寝ていけ」

「……は？」

「寝室はそっちだ。風呂はそっちの扉。キッチンも好きに使うといい」

「……」

いったいどういうつもりでそんなことを言うのかと、遥風は怪訝に男を見上げるしかできない。

「自分は刑事です」

「ああ、新米の刑事さんだな」

小バカにされているようにしか聞こえない。

「あなたはヤクザでしょう!?　どうして――っ」

つい声が高くなりかけて、烏城にしっと唇の前に指を立てられる。そして、リビングダイニングから連れ出された。子どもたちを寝かせるためだ。

連れていかれたのは寝室。広いベッドルームだった。存在感を主張する大きなベッドのほかには、必要最低限の調度品しかない。

「着替えも、必要なら適当にクローゼットを漁《あさ》るといい。何かあるだろう」

「結構です」

子どもたちはしかたないにしても自分は帰りますと、男の腕を振り払う。自宅に戻る必要がないのなら、所轄署に戻ればいいだけの話だ。

「帳場の立つ所轄署の道場で雑魚寝か？　つくづく刑事という人種は前時代的だな」

「ほっといてください！」

慣習には倣うよりないのだ。

「硬い床にせんべい布団を敷いてスーツのまま寝たところで疲れはとれんぞ。また倒れたいのか？」

「あれは……っ、たまたま……」

「たまたま？　二十代の若さで睡眠不足で倒れるなんてよほどだ」

「……っ、スタミナなくてすみませんねっ」

それこそほっといてほしいと邪険に返す。烏城はいかにもといった態度で長嘆した。呆れを隠しもしない。

「きみが倒れたら、あの子たちはどうなる？」

「……っ、それ…は……」

痛いところを突かれて、遥風は押し黙る。

「寝ろ」

肩をとんっと押されただけなのに、なぜかへたんっとベッドに座り込んでしまった。

「ひどい隈《くま》だ。可愛い顔が台無しだぞ」

「……っ、どうせ刑事らしくありませんよっ」

「かみつく元気があるうちなら、まだ寝れば体力は戻る」

正論を向けられれば、ますます返す言葉が見つからなくなる。逃げ場を失うまえに退散したほうがいい。

「お気持ちだけいただきます」

すげなく告げて腰を上げると、「強情だな」と苦笑された。

烏城の脇を通り過ぎるとき、二の腕を摑まれて、いいかげんにしろと振り払う……まえに、ベッドへ放られる。

「……っ！　なに……っ!?」

そのまま肩を押さえられ、身動きできなくされた。

警察学校時代に身に着けた体術や逮捕術を駆使しても、男の腕を振り払えない。

「放し…て……」

もがいても、男の腕はビクともしない。斜陽の任侠界にあっても、大組織のいずれ跡目と噂《うわさ》される男は、やはり只者《ただもの》ではない。

「可愛い見た目に反してとんだじゃじゃ馬だな」

愉快そうな揶揄が落とされて、遥風はカッと頬を紅潮させる。「バカにするな！」と怒鳴っても、「誉め言葉だ」と意味不明に返された。

「放……、……っ！」

放せ！　と今一度怒鳴ろうとして、だがその声は、発せられないまま喉の奥へ呑み込まざるをえなくされる。

見開いた視線の先、いやすぐ目の前に、切れ長の目があった。端整な面が、ありえないほど近距離から遥風を見据えている。

口づけられたと気づいたのは、口腔内に熱い舌の侵入を許してしまってからのこと。

「――っ！　……うぅっ!!」

舌を噛もうとしたら、頤《おとがい》を取られて、開け放った口腔を閉じられなくされる。

「ん……ふっ、……っ」

不躾なほど荒々しく口腔内を貪《むさぼ》る舌に翻弄《ほんろう》されて、思考が朦朧《もうろう》としはじめる。久しくそういった行為から遠ざかっていた肉体は、悲しいかな、はしたないほどにあっという間に熱を湛《たた》えた。

濃厚すぎる口づけで抵抗の力を奪われ、瘦身《そうしん》がシーツに沈む。そうして遥風の抵抗を奪っておいて、烏城の手がベルトに伸びた。

「な…に、やめ……っ」

抵抗むなしく、スラックスのフロントを寛《くつろ》げられ、大きな手が差し込まれる。

「冗談……や、だ……烏城さ……っ!?」

無遠慮に下着をかいくぐって、大きな手が直接遥風の欲望を握り込む。自分の手すらご無沙汰《ぶさた》の欲望は、他人から与えられる未知の刺激に、あっけないほど簡単に反応した。

「や…め……っ」

感じる場所を的確にしごかれて、先端から透明な蜜《みつ》が滴る。

「いや……放…せ……、……んんっ！」

なけなしの抗議の声は、食《は》むようなキスに奪われた。今度は濃密に口腔内を貪られ、抗いがたい熱を植え付けられる。

その間も、遥風自身は烏城の大きな手にしごかれて、硬く張り詰め、淫《みだ》らな蜜液を滴らせる。頂に向かって追い上げられて、放埒《ほうらつ》の予感に瘦身が震えた。

「あ……ぁっ、手……放し……っ」

「そのまま出せばいい」

耳朶《じだ》をくすぐる低く甘い声に、ゾクリ……と首筋が泡立つ。

「や……だ、だめ……っ」

男の手にしごかれて達してしまうなんて、そしてそれを見られるなんて、耐えられない。そう思うのに、雄の肉体は欲望に対して単純で素直だった。

「――……っ!」

ビクビクと細腰を戦慄《わなな》かせ、遥風は烏城の手のなかに情欲を吐き出す。敏感になったそこをさらに数度しごかれて残滓《ざんし》まで搾り取られ、遥風は甘ったるく喘《あえ》いだ。自分でするのとは比較にならない快感が襲って、涙が零《こぼ》れる。白い頬を伝うそれを、烏城の唇が拭った。

「ど……し、て……」

溜まっていたものを出したためだろうか、急速に身体が重くなる。

一度睡魔に取り込まれてしまえば、疲れを溜めた肉体はもはや抗えない。心地好《よ》く体重を受け止めてくれる上質なベッドで、遥風はスーッと眠りに落ちた。

ようやくおとなしくなった青年の唇に今一度軽く口づけて、烏城は上体を起こす。

意志の強そうな瞳が閉じられると、途端に幼い印象を受けた。カジュアルな服装なら、大学生でもとおるだろう。

白い肌に黒く長い睫毛。可愛らしい双子と血のつながりがあることがよくわかる。刑事と聞いて唖然とした記憶はまだ新しい。警視庁は何を考えているのかと最初に身分証を呈示されたときには呆れたほどだ。

くるくるとよく変わる表情で、社会人というにはまだまだ頼りない風情の青年が、ひとりで子どもを育てている。しかも捜査一課の刑事などと、ありえない肩書を背負って。

生来のお節介がむくむくと頭をもたげるには、充分すぎる条件がそろっていた。

烏城のこうした資質は、人望を集めた実父――先代祥龍会会長ゆずりだと、目付け役の羽佐間は言うが、烏城にはよくわからない。その父親と一緒に暮らした経験がないためだ。

だというのに、跡目などという面倒からは逃れられない運命。少年のころに抱いていた様々な夢を諦めたのは、十代の頭ごろだっただろうか。

だからこそ、自らの意思で警察官になったのだろう、若い青年の澄んだ瞳は、裏社会の空気に慣れた烏城の目に眩《まぶ》しく映った。

だが、こんな青年が捜査一課の刑事でいいのか、と思ったのも束の間、存外と気丈でじゃじゃ馬なこともここしばらくで知れたけれど。

最初に、大丈夫なのか、と思ってしまったのがもはやいけなかった。

表向きどんな肩書を持とうと、自分が広域指定を受ける任侠組織の幹部である事実は曲げようがなく、嫡子の異母兄の存在があるにもかかわらず妾腹《めかけばら》の自分を跡目に担ぎ出そうとする一派が存在するのも事実だ。

だから、かかわるべきではないのだろうが、気にかかるものはしょうがない。

自分が若造だったころから良好な関係を築いてきた老刑事も、あと数年で定年になる。そうしたら彼の情報源——エスになってやってもいい。あんな若造から情報料をかすめる気はないが、幼い子どもたちのことも気にかかる。刑事と情報源という関係をつくっておくのが、警察官である遥風のためだ。

双子に関しては、自分の幼少時に重ねているのかもしれない。

烏城も、父とは暮らした記憶はなく、母は早くに他界した。その後は、実父の側近だった男にあずけられ、極道以外の世界を知ることなく……知ることを許されないままにこの歳《とし》になってしまった。

堅気の子どもを自分にかかわらせるべきではないとわかってはいるが、遥風には頼れる親類もいない様子で、どうしてもお節介の虫が刺激される。

そんなことを考えながら烏城が何をしたのかといえば、遥風の乱れた髪を梳《す》いてやり、それから苦しそうなネクタイをほどいてワイシャツのボタンを寛げること。

皺になったスーツを脱がせ、吐き出したものの後始末をして、今一度無防備な寝顔を堪能し、そっと寝室を出た。

廊下では、羽佐間が神妙な顔で待っていた。

「替えのスーツを見繕ってくれ」

「下着とワイシャツも必要です。あと、明日の朝食も」

「まかせる」

羽佐間にまかせておけば問題はない。だが、烏城のやることをすべて受け入れているわけではない。

羽佐間は、烏城を跡目に押す一派の筆頭だ。そこに烏城の意思はない。

「戯れなら、おやめになられたほうがよろしいかと」

あなたの性格は熟知しておりますが、と前置きしながらも苦言を呈してくる。

「頼りなさげでも彼は刑事です。いつ寝首をかかれないとも限りません」

「子どもを人質にとっていれば問題ないだろう」

「心にもないことをおっしゃらないでください」

遥風には絶対に言うなと釘《くぎ》を刺される。

「可愛らしくても彼は刑事です。本気で殴られますよ」

「じゃじゃ馬で結構じゃないか」

「若い舎弟を育てるのとは違うんです。中途半端に情けをかけるなら、やめたほうがいい」

遥風がひとりで双子の親代わりをしなくてはならないのはこの先も変わらない事実で、保護者としての責任からは逃れられない。多忙な刑事の職を辞するか、あるいは子どもの面倒を見てくれる存在を早々に見つけるのか、選ぶのは本人だ。一時的な救いの手など差し伸べないほうがいいと助言をよこす。

「わかっている」

「ならよろしいのですが」

羽佐間の声には、ありありと疑念が浮かぶ。

「捨て犬やら捨て猫やらの世話を舎弟総出でさせられた記憶は、私の妄想ではないはずですので」

少年時代の烏城の悪癖を持ち出して忠告する。

「彼は捨て犬でも捨て猫でもないぞ」

「保護欲を刺激されている、という意味では同じです」

羽佐間の言葉に、烏城は肩を竦めることで返す。そういう羽佐間こそ、子どもたちのことを気にかけているくせに。

「最初に、素性を明かすべきだったな」

最初の出会いのときに、無防備な笑みを向けられていなければ、こんなにお節介を刺激されることもなかったろう。

極道だと知れれば、たいがいの人間は嫌悪の視線を向ける。

刑事なら、火のないところに煙を立ててでも摘発しようとする。あるいは、情報源として利用しようとする。

知らなかったがゆえとはいえ、そのどちらでもない感情を向けられたのは久しぶりだった。

健気な姿を微笑ましく思った。

気にかけるなというのが無理な話だ。

久しぶりにぐっすりと眠って、目覚めると、そこは知らない空間だった。

飛び起きて、徐々に昨夜の記憶を取り戻す。

——……っ！

カッと頬が熱くなった。

鳥城の手でいかされて、そのまま眠ってしまうなんて、自分の危機管理能力を疑う。

昨夜来ていたはずのスーツは脱がされ、下着もつけていない。前ボタンを全部外されたワイシャツ一枚だけの恰好で羽根布団に包まれて寝ていた。

まさかあのあと烏城に脱がされたのだろうか。

射精させられたところまでしか記憶がないが、まさかそれ以上をされたなんてことは……。

おそるおそる身体を確認して、痕跡《こんせき》はないようだと安堵する。とはいえ、肌に残るそれらしい痕《あと》がないというだけのことであって、同性との経験などない遥風は、それ以上の判断材料を持ちえない。

たぶん大丈夫だろうというだけだ。

「惟！　燿!?」

子どもたちは？　と思いいたって、慌ててベッドを出る。

昨夜の記憶を頼りに部屋を飛び出して、リビングダイニングに駆け込むと、そこは眩《まばゆ》い朝の光に満ちていた。

「はるちゃん！」

おはよう！　と愛らしい声がかかる。

「惟、燿!?」

双子は昨夜寝かされていたソファのローテーブルで、朝食を食べていた。ちょうどいい高さの椅子がなかったのだろう、床に座る恰好で、少し高い位置にあるテーブルに置かれた皿にフォークを突き立てている。

「よかった……」

へたり……と床に正座して、ふたりを抱きしめる。

「ずいぶんと煽情《せんじょう》的な恰好だな」

背後からかけられた声に、ビクリ！　と肩を揺らした。

「な……っ」

鳥城は、コーヒーカップを手にダイニングテーブルに腰をあずけていた。ネクタイを締めていないワイシャツだけの姿だが、髪は整えられていて、出勤前のビジネスマンといった様子だ。

鳥城の言葉を反芻《はんすう》して、ようやく自分が半裸の恰好だったことを思い出した。

「……っ！」

慌ててワイシャツの前を掻《か》き合わせる。昨夜はまっくらな部屋だったから見られていなかっただろうに、わざわざ自分から素肌を晒してしまうなんて。

「シャワーを浴びてくるといい」

遥風の分の朝食もあるし、着替えも用意してあるという。

「そんなの――」

受け取れるわけがないと返そうとすると、「裸で仕事に行く気か？」と正論で返された。

「昨日君が着ていたものは全部クリーニングに出した。自分で選べ」

「く……っ」

受け入れるよりほかなくて、「ありがたくお借りします！」と、怒鳴ってバスルームへ向かう。

「違う。隣のドアだ」

ドアノブに手をかけたところで訂正されて、ますますイラッとした。

「はるちゃん、ごきげんわるい？」

櫂が鳥城を見上げる。

「腹が空いているだけだ」

鳥城の返答に、櫂は「そっか」と頷き、惟は「はるちゃんの、さめちゃう」と気遣いを見せる。

「はるちゃんの分は別に温かいのを用意するから、食べてしまえ」

食べられるのなら食べろというと、双子は遥風のために用意された皿に盛られた朝食を、綺麗に半分こしはじめた。

遥風の姉の躾か、なんとも微笑ましい。

異母兄と兄弟らしい時間をすごした記憶のない鳥城には、双子の関係はひじょうに興味深く、また温かいものに映る。きっと遥風と亡姉の関係も、こんな感じだったに違いない。

シャワーを浴びて身なりを整えてリビングダイニングに戻ってきた遥風は、湯気をたてる朝食に迎えられた。烏城が？　と思ったが、どうやら違う。羽佐間だろうか。

双子は、朝食のプレートを平らげて、デザートのフルーツを頬張っている。

「とろとろのオムレツ、おいしいよ」

「チーズがはいってるの」

「パンがサクサクなんだよ」

「おこめのパンなの」

双子が、朝食の美味しさを交互に主張する。それをひとつひとつ聞きながら、遥風はフォークを口に運んだ。いまさら抵抗してもむなしいと思ったのだ。だったら、腹に収めてしまったほうがいい。

「米のパン？」

遥風が疑問を口にすると、キッチンから出てきた羽佐間が、「米粉のパンです」と補足した。

どうやら、朝食の準備をしてくれた烏城の舎弟の奥方の手製らしい。娘が小麦アレルギーのため自宅で焼いているのだという。幼い子どものための食事を用意するにあたって、烏城は同じ年頃の子を持つ舎弟の奥方に依頼したのだ。

「……おいしい……」

遥風が呟くと、双子が身を乗り出してくる。

「おいしいね！」

「いつものパンとちがうね！」

そりゃあ、遥風が買うのはスーパーで売っている大手メーカーの安い食パンだから、手作りとはくらべようもないだろう。

だが、つづく言葉に、遥風はふいに思考が冷めるのを感じた。

「ママのパンみたい」

「ね！」

遥風の姉は食育のために手作りできるものは極力手作りしていた。パンも自宅で焼いていた。姉が焼いていたのは普通に小麦のパンだったはずだが、自宅のオーブンで焼いた手作り感が、双子に母の味を思い起こさせたのだろう。

「ママのパン、おいしかったね」

「うん！」

双子は母を思い出して泣くでもなく、満面の笑みで頷く。遥風のほうが泣きそうだった。

送っていこうという烏城の言葉に首を横に振ったものの、聞き入れられないことは端《はな》からわかっていた。

まずは双子を保育所に送り届け、その足で帳場の置かれた所轄署の近くまで行く。さすがに烏城も、所轄署に乗り付ける厚顔さは持ち合わせていないようだった。

「スーツ、クリーニングしてお返しします」

車を降りるとき、念押ししておかなくてはと口にした。返されたのは「よく似合っている」などという、噛み合わないセリフ。

「こんないいもの着ているノンキャリの刑事なんていません」

悪目立ちしたらどうしてくれるのかと文句を垂れつつ、車を降りる。ドアを閉める直前、「お世話になりました」と礼を言った。

そのまま立ち去るのは、遥風の良識が許さなかったのだ。相手がヤクザだろうが、世話になったことには変わりない。

「でも、もうかかわらないでください」

特に子どもたちには、と言い置く。

「無理をしているのはきみだけじゃない」

「……え？」

「他人に甘えるのも、自分のためではないと思えばいい」

遥風の言葉を聞き入れる様子もなく、烏城を乗せた高級車は走り去った。

どういう意味？　と考える間もなく、庁舎に駆け込む。刑事の朝は早い。朝の捜査会議は一般企業の始業時間に比べて、かなり早い時間に設定されている。

長い一日のはじまりだが、靴底をすり減らしているうちに、一日はあっという間にすぎる。夜の捜査会議は、捜査の進捗《しんちょく》状況によっては、終電近い時間に設定されていることもある。

「被害者と売人がもめていたという目撃情報に関してですが、新たな――」

得られた情報を捜査員で共有し、捜査の包囲網を縮めていく。

「誠和会と祥龍会の抗争の線は消えたと言ってかまわんだろう」

「三下の準構成員を狙《ねら》ったところで益はないからな」

祥龍会の名を聞いて、鼓動がバクリ！　と鳴った。だが隣の席で老刑事は平然としている。刑事の飼う情報源の多くが、裏社会に片足以上を突っ込んだ人間だ。この程度で焦っていては刑事など務まらないのかもしれない。

食事も着るものも賄賂のうちだ。

鮨も朝食も、この着心地のいいスーツも。

遥風は胸中で嘆息して、意識を捜査会議に向ける。事件解決目前。犯人が身を隠しているらしい情婦のマンションへの摘発の予定がたてられる。

まさしくその日、姉夫婦の事故死からぎりぎり精いっぱいがんばってきた遥風の気をプツリと断ち切る事件が起きた。

4

双子が高熱を出して病院に運ばれたと保育所の園長から連絡が入ったのは、被疑者確保に向かう車中のことだった。

連絡を受けて、遥風は迷った。

仕事か子どもか。

すぐに駆けつけたかった。でも、現場の空気がそれを許さなかった。

結果的に、遥風が病院に駆けつけたのは、連絡を受けてから半日以上もあとのこと。

入院していると聞かされて病室に駆け込むと、そこには見知らぬ女性の姿があった。歳のころは烏城と変わらないだろうか、清楚《せいそ》な雰囲気の綺麗な人だ。

「木野崎さんですね。うかがっています」

女性は、双子の容態についてと、面倒を見られる人間がいないからと烏城が病院に訴えて特別個室を用意したこと、その烏城も秘書の羽佐間も仕事が抜けられないために自分が呼ばれたのだと説明した。

「だいぶ前から風邪気味だったんじゃないかと医師がおっしゃってました」

「そんな……」

自分はまったく気づかなかった。今朝だって、普通に朝ごはんを食べさせて保育所に送って……。

いや、違う。ふたりともいつもより口数が少なかった。あれは体調が悪かったせいだったのか。

「ついてらっしゃいますか？　お仕事に戻られるのであれば、私がついていますが」

女性の申し出を遥風は辞退した。

烏城が信頼して呼び出したらしい女性がどんな関係の人かわからないが、これ以上の面倒はかけられない。

「必要なものがあれば、言ってください」

烏城か羽佐間に言えば誰かが届けてくれるからと言い置いて、女性は帰っていった。

「ごめん……気づかなくてごめん……」

赤い顔でベッドに横たわる小さな身体。

きっと遥風に心配をかけたくなくて、つらいのを我慢していたに違いない。保育所にも迷惑をかけてしまった。

あの翌日、双子を送っていったときに、園長には二度と双子と烏城が接しないようにしてほしいとお願いしてあったのだが、緊急事態にそういうわけにもいかなかったのだろう。

あのとき園長は「警察と極道は、どうあっても相いれない存在ですものね」と、少し寂しそうに語っていた。烏城の人となりを知るがゆえに、いろいろ思うところがあるのだろう。

そっと取り上げた小さな手は熱かった。

熱が出ているときは安易に解熱剤を使わないほうがいいといわれるが、それにも程度がある。子どもの免疫力にも左右される。

「はるちゃ……」

掠れた声に呼ばれて、遥風は顔を上げた。

「惟！　櫂！」

「え？」

熱っぽい顔をしながら、「ごめんなさい」と惟が詫びる。

「はるちゃん、おしごと、じゃまして、ごめんなさい」

――……っ！

惟の言葉につづけて、櫂も「ごめんなさい」と掠れた声で詫びる。

「ううん。僕こそ、ごめんね。つらい思いさせてごめんね」

ボロボロと泣きながら、ふたりに詫びた。

自分ひとりでは、充分に双子の親代わりをしてやれないのだろうか。どうして自分は、こんなに家族の縁が薄いのだろう。だからこそ、絶対にこの手で双子を育てると決めたのに。

ふたりが寝入ったのを確認して、遥風は病室を出る。豪華な特別室には給湯室も浴室もついているが、水音を立てて子どもの眠りを妨げたくなかった。

トイレの鏡に映る顔はひどいありさまだった。

烏城にちゃんと寝ろと言われたのに、やっぱり睡眠時間を削る生活はつづいていて、ひどい隈だし、泣いたのもあって、目尻が赤く腫れている。

バシャバシャと乱暴に顔を洗ってハンカチで水を拭い、パンッ！　と自身の頬を張る。気持ちを切り替えなくては。この程度で気力が切れていたら、ふたりが小学校に上がるまでなんてとてももたない。

その先には、中学校進学、高校受験、大学受験と、子どもには未来があるのだ。両親なきあと姉が遥風にしてくれたように、親代わりを務めなくてはならないのだ。

なのに、こんな短い期間でくじけそうになっている。情けない。そう思ったら、また涙があふれそうになって、手の甲でそれを拭った。

近づく靴音には気づいていた。

乱暴に眦を拭う手を止められ、顔をあげさせられる。

「二度とかかわらないでくださいって言ったのに」

弱弱しい声でなじる。

「子どもの体調が悪いことにも気づけない親失格のやつの言うことなど聞けんな」

辛辣《しんらつ》な言葉だが、声音はやさしかった。

「……っ」

嗚咽《おえつ》に喉が詰まる。

「だから言ったんだ。子どものために甘えろと」

先日の、別れ際の言葉。

問題は遥風の立場や良識ではなく、子どもの生活だと、鳥城は言ったのだ。子どもを守るために、甘えられる場面では甘え、頼れる人間は頼り、使えるものは使えばいい、そういう意味だった。

「……すみません」

「詫びるなら、俺じゃなく、子どもたちにだろ」

「謝りました」

「そうか」

ボロボロと涙が零れて、一度は止まったと思ったのに、今度は止まらない。

「姉さんは、僕にあんなにしてくれたのに、僕はあの子たちに何もしてやれないなんて……」

「気持ちは伝わっている。だから子どもたちは、きみのことが好きなんだろ」

「でも……」

誰にも愚痴れなかったことを、ヤクザ者に愚痴っているなんて。

でも、最初に鮨屋に連れていかれたときに感じたように、鳥城には胸襟を開かせる独特の雰囲気がある。どうして……と不思議に思いながらも、遥風は両親が他界して姉と二人暮らしになってからの生活から、姉夫婦の事故死に疑問を持っていて、いつか真実を知りたいと思っていて、本当は交通鑑識に異動したかったことまで、気づいたら話していた。

終始、鳥城は黙って聞いていた。ときおり相槌を打ちながら。

話し終えたら、胸が軽くなっていた。情けないと思うものの、どうしてかスッキリしていた。

鳥城の腕が遥風の肩に回されて、そっと抱き寄せられる。胸にチクリと刺さるものがあった。その痛みにそそのかされるままに、遥風は疑問を口にしていた。

「あの人……」

「……？」

「奥さん、ですか？」

「……」

遥風が病院に駆けつけたときに、双子についていてくれた綺麗な女性のことだ。

烏城は奇妙な表情をしたのち、「それは……」と唸って、ひとつ嘆息した。

「このまえ話したろ」

「……？」

「舎弟の奥方だ」

「……！　米粉のパンの？」

遥風の問いに、烏城が頷く。

「そう……です、か……」

妙に胸がくすぐったくて、その感情が安堵だと気づき、遥風は首を傾げた。どうして自分はこの場面で安堵しているのだろう。

肩をより強く引かれて、烏城の胸に囲い込まれてしまう。

特別室の前の廊下、しかも深夜に人気はなく、ナースステーションの明かりも遠いけれど、ここは病院だ。

そんな場所で、ごく自然と、唇に触れる熱。

思わず瞼を落としたあとで、「え？」と驚く。反射的に、烏城の胸を突き飛ばしていた。

「な……っ」

「なんだ、はじめてでもあるまいに」

「そ、そーゆー問題じゃ……っ」

この前もされたけれど。この前はもっとすごいこともされたけれど。でもなんだか、今のキスは無性に恥ずかしい。なんでだ。

焦る遥風をよそに、烏城は「退院後だが」と話を進める。

「子どもはうちであずかろう」

「……は？」

「羽佐間はああ見えて子ども好きで、子育てにも慣れている」

多くの舎弟たちの面倒を見てきたからと言う。

「できるわけ……っ」

「子どものためだ」

極道者にかかわらせたくない気持ちはわかるが、現状ほかに子どもたちの面倒を見られる人間がいないのなら、妥協しろと言われる。

「それとも、施設にあずけるか？」

「冗談……っ！」

絶対にありえないと強い口調で否定する。

「だが、あの子たちの選択肢のなかにはあるようだぞ」

「……!?　まさか……」

そんな話をしたことはないと言うと、烏城は「聡明な子だな」と痛まし気に言った。

「病院に運ばれたときに言ったそうだ」

看護師と付き添ってくれた園長に、ふたりが言ったというのだ。

――しせつにいったほうがいいの？

――そのほうがはるちゃんのめいわくにならない？

遥風に限界がきたら、自分たちは施設にあずけられるのかもしれない。そんな不安を、あんな小さな子が抱えていたというのか。

――……っ！

今度は、涙も出なかった。

ただ打ちひしがれて、ベンチにへたり込む。

烏城の大きな手が遥風の頭を抱くように、肩にのせてくれた。

「俺を利用しろ」

「捜査情報は流せません」

「一課の刑事に流してもらう情報はないいな」

「横流しとかもできません」

「横流し？　ヤクか？　チャカか？　そんなしみったれた商売はしてない」

薬物も拳銃も、自分のシノギではないと笑う。

「……メリットないじゃないですか」

「羽佐間いわく、俺には悪癖があるらしくてな」

「……？」

方向性の見えない話を振られて、遥風は首を傾げる。

「捨て犬と捨て猫を拾った数は両手両足じゃ足りない」

返された言葉に、きょとんっと目を瞠る。次いで、眉間に皺を刻んだ。

「僕は犬ですか」

「最初はそう思ったが、なかみは猫だな」

「……？」

「愛想のいい仔犬かと思ったら、気の強い猫だった」

「……どっちもうれしくないです」

むすっと返しながらも、口元が綻ぶのはどうしようもなかった。

「万が一の時は、僕、あなたを売りますから」

組織の上にばれて問題になるような状況に陥ったときには、子どもたちとの生活を守るために自分は鳥城の善意を裏切ると公言する。鳥城は「好きにしろ」と笑った。

「子どもが最優先だ」

そのためにがんばるのだろう？　と言われて、コクリと頷く。

くやしいけれど、鳥城の体温から離れられない。

早くに亡くした両親のぬくもり、亡くして間もない姉のやさしさ。失ったものの重さに、今はひとりでは耐えられそうにない。

「ヘンなヤクザですね」

「そうか？」

「そんなで祥龍会、まとめられるんですか？」

「どうだろうな」

興味などないといった口調で鳥城は返す。その余裕こそが、その器なのだろうと遥風は理解した。

「子どもの感性ってすごいな」

はじめから双子は、鳥城を恐れなかった。羽佐間にも懐いた。

社会や世間の評価に左右されることなく、子どもは人間の本質を見抜く。あの子たちが鳥城を受け入れた。その事実こそが真実だと思うことにした。

ひとまず体調が戻るまでという約束で、双子は烏城のマンションから保育所に通い、烏城の配下の者が迎えに行って、同じく配下の者の奥方が用意してくれた食事をとる。ときには羽佐間に遊んでもらって、烏城が相手をすることもある。

烏城のもとに子どもたちをあずけることがかなって、遥風の負担は激減した。

これでいいわけがないという気持ちは、やはり心のどこかにある。それでも、今はこれが最良の策だと思うことにした。

異動願を出しつづけて、定時で上がれる内勤の部署に異動になったら、そのときはまた姉夫婦の遺したマンションで三人で暮らせばいい。

遥風も、子どもたちの顔をみるために烏城のマンションに足繁く通うようになって、子どもたちの荷物に加えて遥風の着替えなども、どんどんたまっていく。

それについて、烏城は何も言わない。

烏城自身は、マンションに帰ってくる日が週の半分ほど、残りの半分は本宅と呼ばれる育ての親の屋敷に顔を出しているらしい。極道としての烏城辰也の生活の中心は、その本宅に置かれているのだろう。

なんだか奇妙な共同生活だ。

自宅のように完全にオフモードでいられるわけではないのに、居心地が悪いわけではない。それどころか、心地好いとすら感じる。

子どもたちの反応はもっと顕著で、「ずっとここにいたい」と言い出すほどだ。

ここなら、美味しい朝ごはんも、おやつも、リクエストに応《こた》えてもらえる夕食も完璧で、何より遥風の負担が減って顔色が戻ったことが、子どもたちの精神を安定させている。そう言ったのは羽佐間だった。


世界一安全な国のはずなのに、どうして殺人事件を扱う捜査一課がこんなに忙しいのか。新たな事件がおきて臨場するたびに、遥風は毎度同じことを考えてしまう。

現場は古びたマンションの一室、殺風景なリビングルーム。第一発見者は宅配便の配達員と近くの交番の巡査のふたり。宅配にきて部屋のチャイムを鳴らすものの応答がなく、なのにドアが少し空いているため、配達員が不審に思って一一〇番通報した。近くの交番から駆けつけた巡査とともに部屋に入って、遺体を発見したというわけだ。

「また三下ヤクザか」

被害者の身元は早々に割れて、刑事のひとりが零す。

命の重さは同じだと建て前を口にしたところで、刑事だって人間だ。被害者とはいえ、振り込め詐欺や恐喝などに手を染めているとなれば士気も下がる。

どんなチンピラだろうと、その死を悲しむ人が多かれ少なかれいるのは間違いないのだが、それでも詐欺や恐喝の被害者の身になれば、また別の感情が湧くのは当然のことだ。

「後頭部に鈍器で殴られた痕……ずいぶん上からだな」

傷は、後頭部というより頭頂部に近い位置にあった。背の高い犯人なのかもしれない。

司法解剖にまわすまでもなく、まず脳挫傷《ざしょう》で間違いないだろう。傍らに、血の付いた花瓶が転がっている。

「今度はどこだ？」

「誠和会系箕部《みのべ》組の構成員です」

また誠和会か……と別のひとりが零す。昔気質の体質を維持する祥龍会とは対照的に、誠和会はまさしく暴力団の様相を呈している。今現在のトップに代わってからはさらにマフィア化が進んでいるともいわれている。

「前科三犯、詐欺に恐喝、傷害……こりゃどこで恨みを買ってるかしれませんね」

怨恨《えんこん》の線が強そうだ、というのは臨場した捜査員ほぼ一致の印象だった。

「防犯カメラの映像、残ってそうです！」

警備会社に問い合わせていた刑事が、報告をよこす。「受け取りに行ってきます」と駆け出そうとした刑事を呼び止めた班長が、「木野崎、おまえも行け」と遥風に指示を出した。

遺体の周辺をくまなく見分していた遥風は、「はい」と応じて腰を上げる。

初動捜査で犯人を取り逃がさないために、警備会社の本社オフィスへ、急ぎ確認に向かう。

マンションの管理会社と契約している警備会社のサーバには、三日前までの映像データが蓄積されているのだという。

「第一回目の捜査会議までに、ある程度かためたいな」

初動で犯人の目星をつけたいと同行した刑事が呟く。

その願いは天に通じて、提出された防犯カメラの映像には、事件現場となるマンションの部屋から出てきたと思しき、長身の若い男が映されていた。

「カメラの向きが悪いな。エレベーターホールしか映ってないぞ」

同僚刑事の言うとおり、長身の男が事件現場となった部屋を出入りする様子は映されていない。事件が起きたと思われる時間に、マンションの廊下を駆けて、慌てた様子でエレベーターに乗り込んでいる様子が映されているだけだ。決定打ではない。

「だが、任意で呼ぶ材料にはなる。あとは自白させりゃいい」

ベテラン刑事が言う。乱暴ないいかたに聞こえるが、いまでも自白させるのが一番手っ取りばやいと考えている古いタイプの刑事は多いのだ。

「被害者が誠和会系の構成員なんだろ？　組対四課のデータベース漁って、どこの組の者か割り出せ」

前科があれば、情報が蓄積されている。顔写真も残っている。

「科捜研にあたって、映像から顔認証で割り出せませんか？」

遥風の提案に、先輩刑事たちが唸る。予算はかかるだろうが、時間にはかえられない。

「防犯カメラに映る映像と、データベースの顔写真を突き合わせるのか」

「たしかにそのほうが早いな」

「上に打診してみよう」と班長が頷く。そのためのシステムなのだから使わない手はないのだが、そう簡単にはいかないのが縦割りの警察組織の問題点だ。公的機関であるがゆえに予算も厳しく、金のかかる鑑定などは、どうしても必要な場合しか許可されないことも多い。

だが今回は、あっさりと上の許可が下りた。たてつづけに組織犯罪がらみと思われる殺人事件が起きたのを危惧《きぐ》してのことだろう。

結果、ひとりの被疑者が浮上する。

「今度こそ、抗争かもしれねぇな」

先輩刑事が毒づく。

「映像の男は、烏駁《からすま》組の下っ端だ」

「烏駁の組長っていや、祥龍会の……」

「ああ、跡目候補のひとりだ」

先輩刑事たちのやりとりを聞きながら、遥風は心臓がきゅうっと締め付けられる不快な感覚を味わっていた。

全身の血の気が引いて、指先が冷たくなる。

「烏城辰也。うまいこと使用者責任を問えれば、祥龍会に打撃を与えられる」

「俺らは強行犯係であって、マル暴じゃねぇっての」

「また四課が出張ってきそうですね」

毒づきつつも、刑事たちはおのおの猟犬の表情を滲ませはじめる。担当外だろうが、大捕り物となれば血が騒ぐのが刑事の習性だ。

だが、一歩引いた場所で先輩刑事たちのやりとりを聞いていた遥風は、それどころではなかった。

――使用者責任？

舎弟のやらかした犯罪であっても、指示を出した者にも責任を問える法律のことだ。広域指定を受けている団体にしか適用できないが、祥龍会誠和会も、広域指定を受ける警察の認識としては暴力団だ。

烏城に限ってそんなことは……。

そう考える自分に愕然として、遥風は身体の横でぐっと拳を握る。だが、烏城が指示をしていなくても、舎弟の罪が事実なら、別件だろうがなんだろうが、こじつけでも使用者責任に問おうとするのが四課のやり方だ。

「烏城に任意かけますか？」

「そのまえに、まずはこいつの確保だ」

防犯カメラに映っている若い舎弟の身柄を確保して言質《げんち》をとらなければ、と班長が言う。任意であってもDNAサンプルの提供に同意させられれば、塵ひとつ残さず拾う鑑識の作業によって、映像の若い男が事件現場にいたことが証明されるだろう。そうしたら、あとは自白を引き出すのみだ。

「手配かけろ！」

「はい！」

刑事たちが一斉に動き出す。

そのなかで遥風は、ひとり違う思惑にかられながら、防犯カメラの映像からプリントした容疑者の写真を手に相棒の刑事についていく。

烏城のもとへは、班長が話を聞きに行くと言った。「相手が相手だからな」と班長が苦い顔をしたのは、それだけ烏城辰也という男が祥龍会内しいては任侠界において確固たる地位を確立しているがゆえだろう。

自分が確認に行きたい気持ちと、目を背けたい気持ちとが交錯する。烏城が指示したことなど絶対にありえない代わりに、本当に舎弟が罪を犯していた場合、烏城はきっと責任を感じて自分を責めるのではないかと思った。

そういう男だと、言えるほどに、すでに心が傾いている。

烏城を買っていた元マル暴の老刑事が口にした評価の数々が、今になって理解できる気がした。


その夜、遥風が烏城のマンションにたどり着いたときには、双子はすでに夢の中だった。

初めにこの部屋に半ば拉致《らち》されたときは、大きなソファをベッド代わりにしていた双子だが、今は烏城が新たに用意してくれたダブルサイズのベッドにふたりで眠っている。

自宅でそうするように手を握り合って、同じ顔で眠っているのを見ると、この部屋で強面の男たちに囲まれながらも、充分に安堵していられるのだとわかる。

子どもの順応力なのか、余計なフィルターのかかっていない目で世界を観《み》ているが故の価値観なのかは、遥風にはわからない。でもきっと、両方だろうと思う。

だが遥風は、余計なフィルターを通して社会を観なくてはならないいい大人だ。だから、口にしないわけにいかない。

子どもたちの相手をしているとき以外、烏城は新聞や雑誌を読んだり、タブレット端末を操作していたり、いたって普通のビジネスマンらしい姿しか見せない。本当に今後の祥龍会を背負っていく若き幹部なのかと訊きたくなるほどに穏やかだ。

だが、間違いなく烏城は祥龍会先代の血を引いていて、組織内において嫡子である烏城の異母兄を跡目に押す派と、妾腹ではあっても烏城のほうがその器だと主張する派が二分している、というのもたしかな事実なのだ。それは組対四課が摑んでいる組織犯罪情報で、組対の刑事ならだれもが知る事実なのだと、暴力事件担当が長い刑事が教えてくれた。

その一方で、主に所轄署の組対課の刑事のなかに、以前の捜査本部で遥風が組んだ老刑事のような人物評を口にする者が多くみられた。

「祥龍会は違う」「妾腹の次男が跡目を継ぐ限りは、逆に任侠界の防波堤になる」といった趣旨のことを口した刑事は、ひとりふたりではなかった。

組織犯罪と、ひとくくりにすることはできないと感じた。

だからこそ、自分の目で耳で確かめたい。

烏城は、長い脚を組み、膝にタブレット端末を乗せて、何かを熱心に読んでいる。ローテーブルには琥珀の液体を満たしたロックグラス。度数の強い酒でも酔わないのか、四十から六十パーセントもあるウイスキーを、まるで水のように飲む。ちなみにビールの平均的な度数は七パーセント前後だ。ワインでも十から十五パーセント。

乾杯のビールがせいぜいの遥風とは、肝臓のつくりがまるで違うらしい。同じ男としてうらやましくもある。

「ただいま戻りました」

遥風が帰宅の旨を告げると「おつかれ」と返される。

「子どもたちは？」

「よく寝ている」

「ありがとうございます」

「今日の夕飯はロールキャベツだったそうだ。俺は仕事で一緒できなかったがな」

キッチンに残っているから、腹がすいているのなら温めて食べるといいという。

烏城と羽佐間が不在のときには、舎弟の奥方の誰かが双子の面倒を見てくれる。病院であった女性以外にも三人、遥風は面識があった。

恐縮する遥風に、一番年嵩《としかさ》の夫人が「助け合いよ」と笑って返してくれたことがある。

「私のころには入園拒否されることもあってね、そういうときは仲間の女たちで協力して助け合ったの。いまはさすがにそういう露骨なことはないみたいだけど」

そうした経緯から、あの保育所ができたのだと、園長が語らなかった裏事情も教えてもらった。だからこそ、他所《よそ》に比べて、安価でサービスが行き届いているのだ。自分たちがほしくても受けられなかった社会のサポートを、のちの世代にはちゃんと受けさせてやりたいとの気持ちから、今も運営されている。園長は極道者の女房ではない。兄が組織の人間だった。それでも、理不尽な思いを多く経験したのだろう。

夫人たちは誰も明るく語ってくれたが、その当時の苦労を思えば、社会の身勝手さを感じた。家族は関係ない。ましてや子どもは……。

だがそうとも言い切れない現状がある。とくにヤクザが暴力団と化し、今やマフィア化とまで言われる現在においては、家族が巻き込まれない保証はない。つまり周囲が巻き込まれる危険はゼロではない。

己の身は己で守らなくてはならない現代社会において、危険の要素を排除しようと動くのは、それもまた人間の持つ防衛本能なのだろうと思う。

知らない人と言葉を交わさないという理由から、地域でのあいさつすら消えているという話を聞けば、空虚な思いにとらわれる。本当はその逆で、住人同士のつながりが強い地域ほど犯罪発生率は低いという統計もあるのだけれど、そうしなければ守れない生活があるのも実情だ。警察官の遥風にはわかっている。

遥風自身、人とのつながりの薄い人生を生きてきた。早くに両親を亡くし、ようやくできた姉夫婦という家族も失い、幼い子どもと三人だけ残されて、正直社会は冷たいと感じた。

なのに、警察が排除しようとする世界に、人と人が深くつながった社会が構築されている事実。

烏城の周辺が特別なのかもしれないが、「妾腹の次男が跡目を継ぐ限りは——」と発言した組対の刑事たちの見解は、こういう部分にあるのかもしれない。

つまり、烏城が派閥争いに負けたら、祥龍会も暴力団か、マフィア化する危険性がある、と言い換えられる。

「……どうした？」

突っ立ったまま、烏城に視線を向けつづける遥風を訝って、烏城が手にしていたロックグラスを置く。

「刑事が、行きましたよね？」

自分のときのように、班長が話を聞きにいったはずだと尋ねると、烏城は「ああ」と頷く。

「きみの上司だろう？」

遥風の不益になるようなことは絶対にしゃべらないから安心していいと、軽い口調で返される。それを無視して、「かくまっていないんですね」と確認した。

烏城は「警察も甘いな」と口角を上げる。

「どうにかして俺をしょっ引きたいんだろうが、送検も無理だろう」

そんなごり押しが通じる世の中ではない。組織にも弁護士がいる。

手にしていたタブレット端末をローテーブルに置いて、ロックグラスを取り上げる。端末には英字新聞が表示されていた。

「捜査協力はする。だが、あいつはやってない」

断定的な言葉に、遥風は目を瞠る。

本人から連絡がきたのかと問う。烏城は「いいや」と首を振った。

「話したんですか？」

「だったら……っ」

言い切れないではないかと詰め寄ると、「ありえん」と短く返された。

「なぜ？」

「俺の舎弟だ」

「そんなの理由になりません！」

それこそありえないと返すと、烏城はまるで動じることなく言ってのけたのだ。

「盃《さかずき》を交わした以上、俺は親として子を信じる」

任侠界の上下の関係は、組長と子分が盃を交わし、疑似親子の関係を結ぶことからはじまる。組織間には兄弟盃なども存在すると聞くが、警察学校時代、何度説明されても遥風にはそのシステムがよく理解できなかった。意味のあるものに思えなかったのだ。

「そんな前時代的な……」

遥風の呟きに、鳥城は小さく笑って「だな」と同意する。

「だが、そういう世界だ。そういう古臭い世界を維持していく限り、巨大な犯罪組織を生み出すこともない」

——……っ！

古《いにしえ》の任侠道は、犯罪組織などではなかった。地域の人々の生活を守る自警団的存在だった。だが、シシリアマフィアが時代とともに凶悪な犯罪組織に変貌していったように、極道もまた暴力団と化し、一般人を巻き込むなどの禁じ手を使うことを躊躇しなくなって久しい。

それでも、古の在り方を維持しようとする力と、そんな意味のないものは捨ててしまえばいいとする力とが、祥龍会内でも対立しているのだ。

「そのために……？」

遥風の呟きはスルーされた。

そのために、烏城は今の立場にいるのだろうか。少年のころにはごく普通の夢を持っていたと言っていた。なのに今、生粋の極道と呼ばれて、組織を率いる立場にいる。なのに、平素は普通のビジネスマンにしか見えない生活を送っている。

一見して矛盾だらけに見える烏城の生きざまに、一本の筋が通って見えた。

経済力がなければ組織は維持できない。組織が維持できなければ路頭に迷った構成員たちが犯罪に手を染める危険が出てくる。組織維持がかなっても、上に立つ者如何《いかん》で、その在り方は大きく変貌する。

「ともかく、ヤツはシロだ。ガキのころから知っている。そんなことができるやつじゃない」

テレビドラマや小説などでよく使われるフレーズだと思った。そう周囲に言わしめた存在が、たいていは真犯人なのだ。

けれど、烏城がそう言う限り、遥風も信じてみようと思った。

「なら、なぜ逃げているのでしょう？　行き先に心当たりは？」

「その件なら、きみの上司に全部話した」

仁義は通したほうがいいだろうと諫《いさ》められる。

遥風は、自分が訊き方を間違えたことに気づいた。

「刑事として訊いてるんじゃない」

「……遥風？」

烏城が、怪訝な表情で、口に運ぼうとしていたロックグラスを持つ手を止める。下の名前を呼ばれて、ドクリと心臓が鳴った。

「あなたの心配をするひとりの人間として訊いてるんです」

烏城はあまり変わらぬ表情のなかに驚きを滲ませ、次いで小さく笑った。小馬鹿にするものではなく、微笑ましさを表すものだ。

「刑事でありたいなら、もっと疑り深くなることだ」

「僕、思い出したんです」

烏城の前に進み出て、男を見下ろす。いつもと違う視点が、なんだか新鮮だ。

「刑事になりたかったんじゃなくて、人のために働きたかったんだ、って」

警察官は、その手段でしかなかった。

「親父《おやじ》さんの背を追いたかったんじゃないのか？」

「それはもちろん。でも父も、生涯一巡査でしたから、きっと同じことを考えていたんじゃないかと思うんです」

だから、刑事失格でもいい。でも、人としてあるべき姿は見失いたくない。

「遥風」

「は……い」

呼ばれて、瞳を瞬く。

ロックグラスをローテーブルに置いた烏城に手を伸ばされて、首を傾げつつ、傍らに立つ。

「あの……、……っ!?」

唐突に手首を摑まれ、強く引かれて烏城の上に倒れ込んでしまう。

「あぶな……、……っ！」

いきなり何を!?　と目を剝く、その視界が急に陰って、唇に熱。

「う……んんっ！」

いきなり咬み合わされて、喉の奥まで舌を差し込まれた。口腔内で絡めとられたそれが、脳髄をじんっと痺《しび》れさせる。

肩を押そうとする腕から見る見る力が抜けて、烏城のワイシャツに縋って皺を寄せる。

「う…じょ、さ……」

隙間からようやく呼吸がかなっても、またすぐに深く合わされて、呼吸すらままならなくされる。

酸欠に思考が朦朧としはじめて、遥風は烏城のたくましい肉体の上に痩身を崩れさせた。

「……っ、や……っ」

腰を摑まれ、身体を入れ替えられる。

ソファに押さえ込まれて、またキス。

よれたスーツの上から痩身をまさぐられ、ぞわり……と悪寒が襲った。だが、嫌悪を伴ったものではない。見知らぬ感覚に肌がざわめいているのだ。

――な……に……？

最初の夜に無理やりベッドに放られて、しごかれたときに感じた直接的な喜悦とも違う。ただ身体をまさぐられているだけなのに、腰の奥に熱が溜まりはじめる。

「遥風」

低い声が耳朶をくすぐった。

「あ……」

へな……っと、縋る腕からも力が抜ける。

おかしい。こんなことは経験がない。自分より大柄な相手だって、遥風には投げ飛ばすスキルがある。警察学校時代の術科の成績は、決して悪くなかった。

なのに、ろくな抵抗もできないまま、ぐずぐずとソファに沈む痩身。

どうして？　と疑問符が脳裏をめぐるばかりで、なんの解決策もみつからない。それどころか、このまま流された先に何が待つのか？　と、興味をそそられてすらいる。

ワイシャツがたくしあげられ、素肌に大きな手が触れる。

熱っぽい吐息が濡《ぬ》れた唇を震わせる。

「烏…城、さ……？」

己の身に何が起きているのか、わからないままに、遥風は広い背に縋った。

スラックスの前立ての上から熱を湛えた場所を撫でられて、自分の肉体が淫らな反応を示していることに気づかされる。

「ど……し、て……」

掠れた声で訴えると、烏城はなだめるように、遥風の唇を啄《ついば》んだ。

「ん……」

ワイシャツをはだけられ、薄い腹を撫でられる。

烏城の手がベルトのバックルにかかって、最初の夜の記憶が脳裏を過る。

あれは、言うことを聞かない遥風を黙らせ眠らせる目的でされた作業のようなものだった。事実、溜まったものを吐き出したあと、遥風は抗いがたい睡魔にとらわれて、ぐっすりと眠った。あんなことはあれっきりだ。

だから遥風も、烏城と一緒にいて、そういった意味での危機感を抱いたことはなかったし、考えも及ばないことだった。

何より、烏城なら自分などに手を出さずとも、いくらでも相手をしてくれる女性がいるだろう。

そんなことを考えたら、ずきりと胸が痛んで、濡れた息を吐く唇を開き、大きく喘ぐ。

「は……ぁっ」

喉を震わせたそれの甘ったるい響きに、自分でぎょっとして目を見開いた。

すぐ間近に、鳥城の端正な面。

どうしてこんなことを？　と問う言葉を紡ぎかけた唇は、開かれるまえに無粋な機械音に邪魔される。戦慄かせただけで、閉じるよりなくなった。

充電してあったスマホが、キャビネットの上で震えているのだ。マナーモードの振動が、静かな部屋にやけに大きく響く。

鳥城の切れ長の目が、上から遥風を見据える。遥風は動けない。呼び出しは止《や》まない。

ややして小さく毒づき、鳥城は身体を起こした。大股にキャビネットに歩み寄って充電コードを外し、応答する。

「俺だ」

この出方は、たぶん相手は羽佐間だろう。仕事の連絡だろうか。

株や投資が事業収益の多くを占める鳥城の会社は、基本的には二十四時間稼働だが、そうした仕事は外部のアナリストやファンドマネージャーを雇ってしてているようで、オフィス自体は一般的な時間にクローズする。

だから、遅い時間に仕事の連絡がはいることは少ない。

だとすると、組関係か。

表の事業はともかく、烏駁組としてのシノギは御多分に漏れず夜の街にある。繁華街を守るのも、組織の役目だからだ。

表の仕事でないとすれば、組関係の問題か、あるいは……。

「わかった。迎えをよこしてくれ」

すぐに出る、と言って通話を切る。

乱された着衣をかろうじてととのえて、遥風はソファに上体を起こした。

「連絡、あったんですか？」

逃げている舎弟の件だ。何か情報が入ったのかと問う。烏城は「いや」と否定した。

「別件だ」

もしかしたら自分は「本当に？」と問う視線を向けてしまっていたのかもしれない。

「連絡があれば知らせる。万が一にも本当に事件を起こしていたのなら、俺の責任で出頭させる」

だから心配無用だと言い置いて、烏城はリビングダイニングを出ていく。手早く着替えを済ませて、玄関に向かった。

玄関に見送りに出て、「信じますから」と告げる。

烏城が、舎弟を逃がすとは思っていない。だが、万が一のときに、すべてを警察の手にゆだねるとも思えない。それでも、遥風は烏城の判断に任せようと思った。

「あなたを、信じます」

烏城は、靴ベラをしまいながら「いいのか？」と茶化すように聞いた。

「信じていいんでしょう？　騙すなら、相応の覚悟をもってしてください」

遥風が睨むと、「怖いな」と笑う。

「でも、あなたを信じるのと、あなたを受け入れるのとは別です」

遥風の言葉に、烏城が目を細める。

「あなたがそんなミスをするとは思えませんけど、万が一にも手錠をかけられるような事態に陥ったときには、僕がかけますから」

そのつもりでいてくださいと言い置く。烏城は「いいな」と愉快そうに笑った。

「いってくる」と、時計を確認して烏城の背が玄関ドアの向こうに消える。遥風はヘナヘナとその場にへたり込んだ。

大きな口を利いたものの、内心は冷や汗ものだった。いや、心臓が口から出そうだった。

直前まで烏城とあんなことをしていたのだ。あの高揚感のままに、ついらしくない強気なことを言ってしまった。

けれど、もはや他人事《ひとごと》ではない。烏城に警察の手が伸びれば、自分とのかかわりが白日のもとに晒される。自分も首が飛ぶだろう。

だから、烏城には失態を犯してもらうわけにはいかないのだ。

ただし、それは自分に関してのこと。自分は、結果的に警察を追われても自分の責任だが、子どもたちは巻き込めない。

今回のことが本当に祥龍会と誠和会の抗争の一貫なのだとしたら、昔気質な祥龍会はともかく誠和会は、烏城の周辺にも魔の手を伸ばしてくる危険がある。

急を要すると判断した。

かわいそうだが、子ども部屋で眠っている双子をそっと起こす。

「はる…ちゃ……？」

眠そうに目をこすりながら、先に惟が目を覚ました。次いで櫂も。

「ごめんね。眠いよね」

ふたりに詫びながらも、「おうちに帰ろう」と荷物を引きずり出す。

双子は顔を見合わせて、ボストンバッグを手にしようとする遥風に飛びついてきた。

「どうして？」

「おじちゃんとけんかしたの？」

不安げな顔を向けられて、遥風は「ちがうよ」と微笑む。

「おじちゃん、お仕事が忙しくなるんだって。だから、もうここにはいられないんだ」

適当な嘘で騙されてくれるほど子どもは愚かではない。でも、そんな言い訳しか思いつかない。

案の定、双子に嘘を見抜かれる。

「うそ」

「どうして？」

ごまかそうにも、澄んだ瞳にじっと見据えられて、こちらがたじろいでしまう。

「だって、おじちゃんいってたもん」

惟が訴える。

「……なにを？」

恐る恐る尋ねた。

「はるちゃんをたすけてくれるって」

ゆるり……と目を瞠る。

だが、次いで櫂が口にした言葉には、言葉もなく息を呑んだ。

「ヤクザだけどいいのか、ってきいたもん。いいよっていったもん」

——……っ!?

烏城が、子どもたちに素性を語ったというのか。子ども相手に、本音で？

「いつそんな……っ」

青くなって、二人の肩をゆする。

双子は、ただじっと遥風を見上げた。

ヤクザという言葉の意味を、理解している顔だった。それでも、烏城の傍にいたいというのか？

どうして？

「危険なんだよ」

遥風が言い聞かせても、

「おじちゃんがまもってくれるもん」

烏城へのゆるぎない信頼を見せつけられるばかり。

——だからどうして……っ！

自分の言葉より、烏城を信じるのか、優先させるのか。

「おじちゃんひとりじゃ、どうにもならないんだ！」

思わず、怒鳴っていた。

それでも双子は、ぎゅっと握った小さな拳を震わせながら、遥風をじっと見上げてくる。

「はるちゃんは？」

聞かれて、意味がわからず瞳を瞬く。

「……え？」

どういう意味？　と尋ねる遥風に、今度は惟が強い口調で言った。

「はるちゃんはそれでいいの？」

ほんとうにいいの？　と袖口を摑んでゆする。

「……っ!?」

ひたかくした胸の奥を掘り起こされた気がした。

自分たちのためというけれど、では遥風自身はどうなのか、と双子は訊くのだ。遥風の意思は、本当にそこにあるのか、と……。

「僕…は……」

呆然と瞳を見開いたまま、言葉を見つけられず唇を震わせる。

「はるちゃんがいいならいいよ」

惟がぎゅっとしがみついてくる。

「はるちゃんがいやならおうちにかえるよ」

櫂が反対側に抱き着いてくる。

「はるちゃん、ダメなの？」

「はるちゃん、たのしくない？」

烏城の与えてくれた生活は、遥風にとって苦痛でしかないのかと、必死の形相で尋ねてくる。

「惟……櫂……」

見透かされている、と感じた。

「いつそんな話……」

幼児に自分はヤクザだと馬鹿正直に話す烏城も烏城だ。

でも、それを理解して、それでもいいからはるちゃんの傍にいて、などと返す幼児はいったいなんなのか。

「おじちゃん、わるいひとじゃないもん」

「おじちゃん、はるちゃんをたすけてくれるもん」

自分たちがここにいたいから、ではない。すべては遥風のために、双子はここにいたいと主張する。

「はるちゃんがこまらないようにしてくれるっていったもん」

「はるちゃんがおまわりさんでいられるようにしてくれるっていったもん」

烏城は、幼子が理解しやすいように言葉を嚙み砕くようなことはしなかったのだろう。双子は懸命に聞かされた言葉を遥風に伝えようとする。

ぎゅううっとしがみつかれて、苦しい以上に切なかった。

「僕は、ふたりを危険な目に合わせたくないんだ。姉さんに……惟と糴のパパとママにしかられちゃうよ……」

双子に万が一のことがあったら、天国の姉と義兄に申し訳が立たない。自分しか、もうこの子たちを守ってやれないのだ。何より、自分はもう、家族を失いたくない。二度と、あんな思いをしたくない。

「はるちゃん、なかないで」

「はるちゃん……」

遥風の感情に触発されたかのように、双子が大きな瞳に涙を滲ませる。

「ごめん。泣かないよ、惟と糴がいてくれるから大丈夫」

ぎゅうっと抱きしめて、胸中で「姉さん、ごめん」と詫びる。二人の気持ちに甘えたい方向に、気持ちが傾いている。

でもダメだと、懸命に自分に言い聞かせる。

親代わりとしても刑事としてもありえないことなのに。

遥風の鼓膜が遠くから機械音を拾って、遥風は顔を上げた。慌ててリビングダイニングに戻ると、脱ぎ捨てられたジャケットのなかで官給品の携帯電話が着信を知らせている。

「はい、木野崎です」

『さっさと来い！　また殺しだ！』

また誠和会の構成員が殺害された旨の連絡。

『四課にもってかれる前にあたるぞ！』

たてつづけに暴力団員が殺されたとなれば、完全に組対四課の事案になる。それでも殺人事件には違いない。

「絶対に部屋からでないで。いい子で寝てるんだよ。朝になったら羽佐間さんか誰か来てくれるから」

双子に言い置いて、部屋を飛び出す。結局鳥城を頼らざるを得ないではないかと思いながら、今は仕事に集中するしかない。

だが、遥風が現場に到着したときには、事件の様相が変貌していた。

「安田《やすだ》と思しき目撃情報が出てる」

例の、鳥城の舎弟の若者だ。まだ所在を摑めていない。

「まさか……」

祥龍会傘下の組織の構成員が、誠和会傘下の構成員を手にかけた。それもふたりも？

「こりゃ完全に抗争だな」

「だが、祥龍会側にメリットがあるのか？」

「これだけ組織のカラーが違うんだ。戦争のタネならいくらでもあるだろう」

古の任侠道を掲げる祥龍会と、暴力団といわれても、新しいやり方を取り入れる誠和会では、まるで水と油だ。

「とにもかくにも安田だ。やつを探すぞ」

班長の指示で、立ちまわりさきを虱潰《しらみつぶ》しにする。親類縁者、交友関係、仕事先など。

「烏駁の事務所はどうしますか？　烏城は何も謳《うた》わないでしょうが……」

謳うというのは、警察の隠語で情報を暴露することを言う。

「つつくなら口を割りそうなやつを当たったほうが早いが……烏駁はどいつもダメだろうな。あそこは隙がなさすぎる」

羽佐間もほかの舎弟たちも、烏城が安田を信じると言う限り、何を訊かれてもしゃべりはしないだろう。

あれだけ結束の固い組だ。その末席に名を連ねる若い舎弟が、親父と慕う組長に迷惑をかけてしまったと考えたときに、果たしてどうするだろう。どんな行動に出るだろうか。

遥風は考える。

親兄弟のところ？

いや、烏城から家族に迷惑をかけるなと言われているはずだ。

職場？

烏駁の息のかかったところなら、とうに居場所が知れているはず。

――女、か……。

だが、付き合いのあった女たちには、すでにあらかた当たった。それでも見つかっていない。

――だとすると……。

捜査が見当違いの方向を向いているか、あるいは女性たちの誰かが嘘をついているか。

安田は気のやさしい男だったようで、過去に付き合いのあった女性たちはみな、「いいやつ」だと語った。恋愛感情は長つづきしなかったけれど、でも悪いやつじゃなかった。ただちょっと頼りなかっただけ、と……。

だが、ひとりだけ、反対のことを口にした女性がいた。

「班長、ひとり当たりたいのですが」

遥風の希望に、班長が「なんだ？」と顔を向ける。

「安田の関係者のなかに、看護師がいたのですが……」

「井上《いのうえ》って年上の女だろ？」

「はい。彼女にもう一度話を聞きたいのです」

「どういうことだ？」

「彼女の語る安田の人物像だけ、ほかと一致しませんでした」

井上と名乗った看護師だけは、だらしなくて浮気性でダメな男だったと語った。同じことを言っても、他の女性たちはみんな諦め半分と言うか、微笑まし気な感情が見え隠れしていたが、井上だけは忌々し気だった。

「演技だというのか?」

「そんな気がするんです」

遥風の説明に、班長が頷く。

「ダメもとだ。行ってこい」

「ありがとうございます!」

先輩刑事とふたり、聴取を許される。

「残ったメンバーで、捜査範囲を広げてあたるぞ!」

班長の指示に頷いて、おのおの相棒とともに聞き込みに散る。

「女心はわからんね」

果たして遥風のいうとおりなのかよくわからないな、と先輩刑事は言う。遥風自身、確証があるわけではなかったが、でもどうしても気になるのだ。

「この時間だと自宅か?」

「夜勤の可能性もありますが……」

逃げられる危険があるために、二度手間になっても先に病院に一報を入れて確認することはできない。

「ひとまずアパートだ」

安田が身を隠しているのだとすれば、この時間なら気が緩んでいる可能性もある。

駅から徒歩二十分、通勤のために歩くには少し億劫《おっくう》な距離の住宅地の一角に立つアパートは、築年数がたっているものの、長く住んでいる住人が多いのか、綺麗に手入れされている。

二階の角部屋。

明かりはついている。

室内から音は漏れ聞こえない。だが、人の気配はある。

相棒の先輩刑事がドアをノックする。

ピリリ……と室内の空気が張り詰めるのを感じた。

「すみません、井上さん、いらっしゃいますか？」

声をかけても無反応。

「井上さん？　いらっしゃいますよね？」

先輩刑事が声をかけつづける。遥風は室内の気配に神経を研ぎ澄ませた。

こんな時間の訪問だ。不審に感じて出ないことも考えられる。だが――。

遥風の鼓膜が、壁越しの音を拾った。サッシを、そーっと開ける音。

「自分、ベランダ側に向かいます！」

その一言で、遥風の言いたいことを察した先輩刑事は、表情を硬くし、頷いた。だが声音は変えず、同じように声をかけつづける。

「井上さん？　警察なんですが、先日もお話をおうかがいした件で、もう一度お願いできますか？」

訪問理由を告げたところで、ようやく室内で動く気配。いや、わざと大げさに動く気配。

それに耳を欹《そばだ》てつつ、応対を待つ。

「こんな時間に、いくらなんでも非常識じゃないですか？」

いかにも不愉快だといった態度で応対に出てきた看護師の女性の声を遠くに聞きながら、遥風はベランダ下に移動した。

案の定、長身の若者が、ベランダ伝いに逃亡を図っている。

ケガを負わせないように、彼の足が地面についたところで、遥風は声をかけた。

「安田さん、ですね」

はじかれたように、青年が振り返る。ほとんど街灯のない薄暗がりだが、月明かりで顔の判別はついた。

「警視庁の木野崎です。お話を聞かせてください」

「な……お、俺は……」

　動揺もあらわな声。

　過去の女性たちが口をそろえて気弱と言っていたのを思いだす。烏城も、大それたことのできる人間ではないと安田の人柄を語っていた。

「誠和会の構成員に、ふたりめの被害者が出ています。あなたの目撃情報もあります。逃げられません」

「お、俺じゃない！」

　安田は泣きながら叫んだ。

「ではどうしてあの場所にいたのですか？　防犯カメラにもあなたの姿は映っています」

「はめられたんだ……俺……親父に迷惑かけて……もう終わりだ……」

　青年は泣きながら頭を抱える。何もやっていないのに逃げてしまって、警察に追われて、組織に迷惑をかけることがわかっているのだ。

　彼の言う、親父というのは烏城のことだ。盃を受けた組長に迷惑をかけることを彼は恐れている。だったらなおのこと、逃げてはいけない。

「安くん、逃げて！」

　先輩刑事の静止をふりきって、看護師の女性が叫ぶ。先輩刑事が「こら、大きな声を出すな」となだめているが、彼女は彼女で半狂乱だ。

あの様子では、彼女にかかりきりで、こちらの会話は先輩刑事には聞こえないだろう。

「烏城さんに迷惑をかけたくないならなおのこと、出頭すべきだ。警察で、本当のことを話すんだ」

「い、いやだ……犯人にされちまう。警察は信用できない」

「僕が話を聞く。烏城さんは、君を信じていると言っていた」

「親父が……？　う、うそだ！　親父があんたみたいな若造に、そんなこと話すわけがない！」

「若造で悪かったね。でも僕は刑事だ。烏駁組の烏城組長は、僕の情報源なんだ」

「なに……？」

「まっさきに烏城組長のところへ行って話を聞いた。烏城さんは、君がやったとは思ってない」

嘘も方便。

彼を落ち着かせることができればなんでもいい。

「ほ、ほんとうに？　ほんとに……俺を……」

「組長の人柄は、僕より君のほうがよくわかっているんじゃないか？」

「親父は、俺みたいな半端モンを受け入れてくれて、仕事くれて、まっとうに働けっていってくれて……恩があるんだ……迷惑かけるくらいなら、俺……俺……そう思ったのに、なのに俺、根性なくて……」

どうも発言内容があやしい。

逃げるならまだしも、自傷に走られたらコトだ。

「安田、深呼吸をしろ」

遥風の声が届かなくなっている。

「いやだ……親父に見捨てられたら、俺、もう行き場所がない……」

「烏城さんは、絶対に君を見捨てたりしない！　大丈夫だ！」

「うるさい！　てめぇに何がわかるんだ！」

悪い予感ほど当たる。

安田は後ろポケットから折り畳み式のナイフを取り出した。

「う……う……っ」

呻きながら、ナイフを睨む。

ブルブル震える手で、そのナイフを自分に向ける。

「やめろ……！」

駆け出して、手を伸ばす。恐慌状態に陥った安田が、ナイフを振り回す。

左の二の腕に、焼け付く痛みが走った。横目で見ると、スーツの袖が切り裂かれ、血が滲んでいる。

——くそ……っ。

「こ……のっ」

ぶんぶんとナイフを振り回す。

それを見切って、遥風は安田の手首を摑んだ。腕を捻って、身体をアスファルトの地面に倒す。背後にさらに腕を捻りあげ、体重をかけた。

「うわ……離せ……っ」

「いいかげんにしろ！　鳥城組長のメンツをつぶしたいのか！」

鳥城の名を出すと、途端に安田はおとなしくなった。うう……っと呻いて、次いで嗚咽を漏らしはじめる。

「どうしよう……俺……どうしよう……」

拘束をはずしても逃げる気力もなさそうだが、そういうわけにはいかない。手錠をかけると、地面に胡坐《あぐら》をかいてすすり泣く。

「大丈夫か！」

ようやく井上をおとなしくさせたらしい先輩刑事が駆けてくる。

「車を一台回してください」

安田を確保した遥風を見て、先輩刑事は目を瞠り、「やるなぁ」と口笛を吹いた。

一連の騒動を、大通りに停めた車のなかからうかがう男がいた。

「あのバカが……」

毒づいたのは羽佐間だった。

「言ってやるな。お灸《きゅう》はもう充分すえられただろう」

後部シートから、鳥城が返す。

「意外でした」

「ん？」

「遥風さん、なかなかの腕っぷしではありませんか」

羽佐間が愉快そうに言う。

「どんなに可愛くても刑事だからな」

逮捕術を仕込まれているのだから、気弱な三下など取るに足りないだろう。でなければ困る。

「あんな一喝をきめられたら、安田も観念せざるをえないでしょう」

まったく、逃げたりしなければコトが大きくならなかったのに、と渋い顔で言う羽佐間は、若い舎弟たちをまとめる立場でもあるがゆえに、責任を感じているのだろう。

「弁護士は？」

「手配済みです」

「誠和会の動きは？」

「あちらはあちらで、ふたりもやられて頭に血が上ってます。誰か差し出さないとおさまらないでしょう」

「巻き込まれていい迷惑だろうな」

「まったくです」

実のところ、烏城には事件の大筋が見えている。

真の標的は烏城自身。謀ったのは、次期跡目として烏城の異母兄を押す一派だ。烏城を失脚させたかったのだろう。

「会長にアポをとれ」

こんな茶番は早々に納めなくては。

筋を通して、誠和会にも詫びを入れる必要がある。それが仁義というものだ。

いらだちを孕んだ烏城の言葉に、羽佐間が何事かとバックミラー越しに視線をよこす。

「弁護士に伝言だ」

「安田のバカを一発なぐっておけ」

「……は？」

たとえ烏城でも、警察に連行された安田に会うことはかなわない。だが弁護士にはそれが可能だ。

「遥風にケガさせやがって」

俺がチビたちに叱られるじゃねぇかと毒づく。

今日は運転手兼務の羽佐間が、ククッと笑いを零して、エンジンスタートボタンに手を伸ばす。

「ご愁傷様です」

誰より怖い存在ですな、と苦笑されて、「まったくだ」と肩を竦める。

だが烏城にとって何より怖いのは、遥風のまっすぐな眼差しだ。あの瞳が二度と哀しみに濡れることがないようにするには、何が最良の策なのか。

「警察をやめさせればいいではありませんか」

「それではつまらん。俺はあいつの気の強いところも気に入っているんだ」

烏城の返答に、「さようでございますか」と羽佐間が笑う。

「そんなご趣味はなかったと記憶しておりましたが…いつの間に宗旨替えされていたのですか？」

「さあな」

変質者に間違われ、身分証をかざしながら睨み据えられたときだとは、もはや言えない。

直後に、双子に向けられたやさしい笑みとのギャップもよかった。

胸ポケットで携帯端末が着信を知らせる。弁護士からだ。

「俺だ。手筈《てはず》通りに頼む。ああ……誠和会とはこちらでナシをつける。大事にする気はないからな」

安田と警察への対応だけ確認して通話を切る。

次いで羽佐間のケータイが鳴った。ヘッドセットのマイクで短く応じて、通話を切る。

「会長がお会いになるそうです」

「わかった」

誠和会との間に波風が立たないように筋を通す。簡単なようで難しいことだ。烏城は一連の事態を謀った人間も、ひとまず今は断罪する気はない。だが会長はたぶん気づいている。それでも好きにさせているのだ。その程度で烏城が倒れるならそれもよしと思っているのだろう。

組織に執着はないが、組織が変貌するのは許容できない。父の目指した任侠道を、烏城は踏襲したいと思っている。それが結果として、犯罪者を生み出さないことにつながると考えるからだ。

最後にひとつ、問題が残った。

遥風を、どうするか。

わかりにくいとよく言われるが、烏城は遥風にかなり強い執着を抱いている。常にはそれを表に出さないようにしているだけだ。

結局この身には極道者の血が流れている。

歯止めを失ったら何をしでかすか、自分でもわからない。だからいつもは理性と言う名の枷《かせ》をはめている。

そろそろそれを、外してもいいだろうか。


安田の身柄を確保した直後、事態は急展開した。

まずは祥龍会の顧問弁護士が乗り込んできて、安田から鳥城宛《あて》に送られたというケータイで撮影した画像を五枚提出した。それらは、安田が所持していたケータイに保存されているものと合致した。

うち二枚は最初の被害者が殺された現場を映したもので、よほど慌てたのかひどいアングルで安田の靴が映り込んでいる。それは確保されたときにもはいていたもので、現場から採取されたゲソ痕——靴底の痕とは合致しないものだった。安田の住居に残された残りの靴とも合致しない。

デジタルデータにはごまかしようのない時間や場所などのデータが書き込まれているから、これはひとりめの事件の犯人が安田ではないことの証明になる。

残りの三枚はふたりめの事件現場付近を映したものだ。深夜なのか、全部薄暗い……というか、ほぼ真っ暗。だが、修正処理をすれば、何が写っているのかわかる。鑑識でデータに修正を施してもらった結果、人間の後ろ姿だった。

「呼び出されたんです。殺人の証拠を握ってるって言われて。でも俺、やってないし、だからどういうことなんだって問い詰めようと思って行ったら、なんか殴られるような音が聞こえて。でも真っ暗で……」

安田の証言は要領をえなかったけれど、言いたいことは伝わった。

一件目の殺人事件の濡れ衣《ぎぬ》を着せられ、二件目の犯行現場へ呼び出され、二件目の犯行も押し付けられそうになった。幸いというかなんというか、緊張しまくった安田が呼び出された時間よりかなりはやくに現場についたために、犯行の様子を撮影するに至った。

「だったら、なんで逃げたんだ！」

無実の証拠というにはどれも遠回りだが、それでも即決めつけられることはなかったはずだ。

「親父に迷惑かけると思って……俺、前科あるから、そのときに俺を取り調べた刑事はなんにも話聞いてくれなくて、俺がやってないことまで押し付けられて、そのまま送検されたんだ。だから今度も殺人犯にされると思って……」

過去のトラウマを刺激されて逃げてしまった、ということのようだ。

では真犯人は誰なのか、ということだが、これは安田が連行された直後に解決した。別の所轄署に、「自分がやった」という男が自首してきたのだ。

無職住所不定の男は、強盗狙いでマンションに押し入り、同じく強盗狙いで暗闇に誘い込んだ男を襲ったと証言した。

「三年前まで、祥龍会系根谷《ねや》組の構成員でした。金関係で問題を起こして除名されています」

そんな情報は、組対四課からもたらされ、ようは人身御供だと知れたが、組織にメスは入れられない。今現在の構成員ではないからだ。

「根谷組？」

「烏駭組の烏城組長の異母兄の息がかかった三次団体だ」

ようは、組織の末端。

だからこそ、トカゲの尻尾切りではないが、都合よく使われた。それでも出頭してきたのには何かしらのメリットがあるか、あるいは人質をとられでもしたか、いずれか。だが、男は絶対に口を割らないだろう。

「祥龍会も、跡目抗争の結果如何で、今後どうなるかわからんな」

ベテランの刑事がぼやく。

つまり、烏城が跡目を継ぐ分には大きな問題は起きないだろうが、異母兄が継いだときには、誠和会同様に暴力団化することは目に見えている。警察としては、組織の完全摘発解体が不可能なら、せめて常識の通じる人間に組織を動かしてほしい、というのが本当のところだ。

「親父をはめようとしたのか……俺は利用された……？」

事件の概要を語って聞かせると、安田はボロボロと大泣きして、しまいにはデスクに突っ伏してわんわんと泣きはじめてしまった。遥風には、「ケガさせてごめん」と詫びてくれた。

烏城の言うとおりの青年だと思った。

そんな青年に、「組長からの伝言です」と、弁護士が力いっぱいのげんこつを落としたのには驚いたけれど。

頭を抱えて唸る安田を横目に、弁護士は「お怪我は大丈夫ですか？」と遥風を気遣ってくれた。

最後にようやく、安田に烏城からの本当の伝言が告げられる。

「ちゃんと捜査に協力して、罪を償ってこい、とのことです。その間、仕事は有給消化だそうですよ」

涙の上に涙。

「俺……見捨てられてない……？」

泣きじゃくる安田をなだめる役目は、遥風が負った。

安田を確保したのは遥風だから、安田の調書は遥風が作成した。つまり遥風の手柄ということだ。

留置所に移されてもまだ、安田は泣いていた。

「おまえ、足早いな」

ベランダから逃げようとした安田に追いついた遥風の俊足を、先輩刑事がほめてくれた。

「警察学校時代は同期で一番でした」

華奢な体躯《たいく》の遥風が同期に抜きん出られるのは、それくらいしかなかったから、絶対に負けなかったのだ。

「刑事は俊足であるにこしたことはない。スタミナもつけろよ」

班長は、そんな言葉でねぎらってくれた。

「四課はピリピリしてるんだろうな」

「祥龍会と誠和会の抗争もだけど、祥龍会の跡目争いも厄介だからなぁ」

「器だけみりゃ烏駁の組長なんだろうが、妾腹ってんで、納得しない幹部も多いらしい」

「でも長男は、まったくその器じゃないって聞きましたよ」

「傀儡《かいらい》なら傀儡で、幹部連中には美味しいんだろうさ」

そういう扱いやすさは、烏駁の組長にはないからなぁとベテラン刑事が笑った。

「一般市民が巻き込まれなきゃ、正直どうでもいいんだけど」

「馬鹿野郎、刑事の言うことか！」

先輩刑事が軽率なことを言って、ベテランに叱られる。けれどそれは、組対四課の刑事にしたところで本音だろう。

「祝杯あげにいくか」

「いいねぇ」

飲みに繰り出す算段をはじめる同僚たちの輪から一歩下がって、「自分、子どもたちが待っているので」と頭を下げる。

「おまえも大変だな」

「さっさと相手見つけて結婚しちまえ。刑事は早婚のほうがいいからな」

そんな励ましを背に受けて、遥風は庁舎を飛び出す。

夜中に烏城のマンションを出てから、すでに二十四時間以上が経過している。夜明けはすぐだ。

切り裂かれたスーツはもはや役立たずだから、血の付いたワイシャツとともにしかたなく捨ててしまった。事務の女性警官が駅前のファストファッション店で購入してきてくれたシンプルなTシャツの下はスーツのスラックスという妙な恰好だが、帰宅したらシャワーを浴びて寝るだけだからもうどうでもいい。

駅までの道を歩くつもりが、気づけば走っていた。

その途中で、一台の黒塗りの車に気づく。足を止めると後部シートのドアがあいて長身の男が降り立った。

遥風の二の腕にまかれた包帯を見て眉根を寄せる。

「げんこつ食らって、安田くん泣いてましたよ」

「遥風に怪我をさせたんだ。本当は直接鉄拳制裁を食らわしてやりたいくらいだ」

これでも我慢しているのだと苦く言う。

「全部、あなたの計らいでしょう？」

「俺が招いたことだ。オトシマエをつけただけだ」

事件の本質は、祥龍会内の跡目争いだ。烏城は、その中心にいる。

「あいつを信じてくれたんだな。礼を言う。ありがとう」

どこまで遥風の行動を読んでいたのだろう、この人は。踊らされた感も否めないが、それ以上に頼もしさが勝った。

「……っ」

ひくっと喉が喘ぐ。

「すみません。あなたの顔を見て安心したらなんだか……」

手の甲で涙を拭おうとすると、それを止められる。

「刑事に泣かれるとはな」

苦笑して、烏城は遥風を抱き寄せる。頼れる肩に額をあずけて、遥風は深い息をついた。

「帰ろう。子どもたちが待っている」

「はい」

羽佐間の運転する車中、遥風は烏城の肩にもたれて、うつらうつらしながらも、眠りに落ちることはなかった。まだ興奮しているのかもしれない。

一連の事件を通して、刑事としてひとつステップアップできた気がする。何が変わったのかと聞かれても困るけれど、自分のなかで覚悟が決まったように思うのだ。

「僕、もう少し刑事、つづけてみようと思います」

烏城は何も言わなかった。

ただ黙って、肩を抱き寄せてくれた。

子どもをなだめるようなそれを、少し物足りないと感じている自分がいる。

5

マンションに帰り着くと、玄関を開けた途端に双子が飛びついてきた。

「はるちゃん！」

「おかえりなさい！」

小さな身体をぎゅっと抱きしめて、「ただいま」と返す。

遥風の腕の包帯に気づいて、双子が目を瞠った。

「はるちゃん、おけが？」

「はるちゃん、いたい？」

つぶらな瞳に、みるみる涙が浮かぶ。

「あぶないことしちゃやだ！」

「やだ！」

ぎゅうっとしがみついて、離れようとしない。小さ背中をなだめるように撫でて、「大丈夫だよ」と言い聞かせた。

「ちょっとかすっただけだから」

リビングダイニングからは、朝食のいい香り。そこに第三者の姿はなく、準備だけして帰ったのだと察する。

「さ、ごはん食べよう。僕もうお腹ペコペコなんだ」

今朝は和食だった。たぶん、一番年嵩の御夫人が来てくれたのだろう。その証拠に、手作りの糠漬《ぬかづ》けがある。

「おばちゃんがごはんつくってくれたの」

「おなべにおみそしるがあるの」

遥風の手をぐいぐいひっぱって、ダイニングテーブルにつかせようとする。

「待って待って。お味噌《みそ》汁あったためて、ごはんよそわなくちゃ」

双子をキッズ用の椅子に座らせ、遥風はキッチンに立つ。烏城は双子の向かいに座って、「首尾は上々だ」と小声で報告した。

双子は「やったね」と大きく頷いて返す。

全部キッチンまで聞こえているのに。

いったいどんな約束を、子どもたちと交わして出てきたのか。

四人で囲む食卓。並ぶのが自分の手料理なら申し分ないけれど、今は贅沢《ぜいたく》は言えない。子どもたちとこうしてすごせるだけでもありがたいと思わなければ。

「焼き鮭《さけ》に玉子焼きにおひたし、具沢山のお味噌汁に糠漬け。これ以上の贅沢はありませんね」

遥風の言葉に烏城が「そうだな」と頷く。

「はるちゃん、おさかなのほねとって」

惟が甘える。

「途中までは自分でできたんだね。えらいね」

できたことをほめて、残りの骨をとってやる。

「はるちゃん、おかわり！」

いつもは小食の櫂が、めずらしく朝からごはんをおかわりする。

「大丈夫？　お腹はちきれない？」

「だいじょうぶ！」

双子が朝から、大人とかわらない量をたいらげて、元気いっぱいに保育所へ向かう準備をする。

園児服をきて、靴下をはく。できるだけ、自分のことは自分でやらせる。

「はるちゃん、ゴム！」

髪ゴムを手に、惟が飛びついてくる。今日は少し高い位置でツインテールに結ってやった。うらやましそうにする櫂には、膝にのせて髪をといてやる。やわらかな毛質は、木野崎家のＤＮＡだ。

保育所に向かう時間、玄関チャイムが鳴った。現れたのは羽佐間。

「お迎えにあがりました」

言葉の向く先は惟と櫂。双子は羽佐間の足にじゃれついて、「おはようございます」とあいさつをする。羽佐間は軽々と双子を抱き上げた。

「今日は自分が引き受けます。ゆっくりとお休みください」

今度は、遥風だけではなく、鳥城にも言葉が向けられる。「丸一日スケジュールを空けるのは大変でしたから、ぜひ有意義にお使いください」と慇懃なかにも揶揄を孕んだ声音で言って、玄関を出ていく。

「いってきます！」

双子の声がそろう。

「いってらっしゃい！」

楽しんでね！　と見送る。双子はエレベーターに乗るまで手を振りつづけた。

子どもたちを送り出して玄関ドアが閉まった途端に、ヘナヘナと風船がしぼむように身体から力が抜けて、その場にしゃがみ込む。

「大丈夫か？」

烏城の大きな手が肩に触れて、遥風はコクリと頷いた。

「眠いか？」

「眠いけど、眠れる気がしません」

すぐにベッドへ行くかと聞かれて、首を横に振る。

「いずれにせよ、風呂だな」

「ゆっくり湯に浸かりたいです」

「それは誘ってるのか？」

「……へ？」

顔をあげると、烏城の端正な面が間近にあった。

「……？　わ……っ」

腕を摑んで引き上げられ、広い胸にとらわれる。

カッと頬が焼きついた。戸惑いに視線をさまよわせる。

「一緒に入ろう」

「……は？　……っ！」

ふわり……と身体が浮いて、横抱きに抱き上げられた。そのままバスルームに運ばれて、自動給湯ですでに湯の張られた浴室に連れ込まれる。

「あ、あの……ちょ……待って！」

制止むなしく、Tシャツを引き抜かれ、スラックスを落とされ、驚いている間に下着も抜かれてしまう。

目を白黒させる遥風の目の前で、烏城は躊躇なく着ていたものを脱ぎ捨て、一糸まとわぬ姿になった。ついうっかり股間《こかん》に目がいってしまって、息を呑む。

「あ、あの……っ」

「悪いようにはしない」

そんな信用ならない言葉を耳朶に落とされ、降り注ぐシャワーの湯の下、唇をふさがれた。

「……んんっ！」

熱い舌が、遥風のそれをからめとる。

強く吸われて、途端腰の奥にジン……ッとした痺れが生まれた。

「あ……んっ、ふ……っ」

口づけに興じる一方で、烏城の手がボディソープに伸び、肌にひやりとジェルの感触を覚えた。

肌の上をまさぐる大きな手によって泡立てられた液体ソープが、疲れと汗を洗い流していく。髪も洗われて、遥風はたらいで洗われる猫よろしく、おとなしく烏城の手に身体をあずけた。

心地好かった。

ただただ心地好かった。

だが、ソープを洗い流した手が腰を撫でて局部に落ちたあたりで、身を預けていていいのかという疑問が過る。

「烏城…さ……？」

その手をとめようとするものの、軽く払われた。

「無粋だな。これからは辰也さんと呼べ」

「は？」

なんで？　と返しながらも、頬が熱い。

「覚悟を決めたんじゃなかったのか？　いつでも情報源になってやると言っただろう？」

これはその報酬だなどと言われて、遥風はムッと唇を歪めた。

「ふざけるな！」

なんだその報酬ってのは！　と怒って烏城の腹に拳を当てる。だが鍛えられた腹筋は軽く繰り出した遥風の拳程度ではびくともしない。

「そういうことにしておけ」

「……っ、烏城……」

間近に顔をのぞき込まれて、遥風はゆるり……と目を瞠る。

「俺は、遥風がほしい。俺のものにすると決めた。だから子どもたちも守る」

ほかにほしい言質はあるか？　などと言われて、遥風はますますむくれる。

「そんな言い方……」

ふいっと顔を背けると、そんな反応も愉快だと笑われる。

「湯に浸かりたいんだったな」

湯船に引きずり込まれ、烏城の胸に背をあずける恰好で肩まで浸る。けれどこれでは、全然寛げない。

たくましい腕が腹に回され、もたれかかればいいと甘やかされる。ほーっと深い息をついて背を預けたら、心地好さに包まれて、瞼が重くなった。

大きな手が、遥風の薄い腹を撫でる。

「烏城…さ……？」

ダメ……と止めてもきかない。烏城の大きな手が下腹部を撫でて、湯のなかで遥風の欲望を包む。

「や……っ」

先ほどのキスで芯《しん》を持ちはじめていたそこは、触れられただけでたやすく兆した。

「んん……っ！」

先端を親指の腹にえぐられ、全体をしごかれる。根本の双球もあやされて、熱っぽい吐息が喉を震わせる。

「ダメ……お湯のなかじゃ……」

湯を汚してしまうと訴える。この時点で、行為自体を拒絶していない自分に、遥風は気づけていなかった。

「全部してやる。感じるままに出せばいい」

うなじを啄まれて、ビクリと肌が戦慄く。

「でも……っ、あ……ぁっ」

張り詰めた欲望をしごく、自分のものとは違う手の動きが、たまらない快感をもたらす。先端をぐりぐりと刺激されて、遥風は情欲を吐き出した。

「ひ……あっ、あ……んっ！」

ぐったりと、烏城の胸に身体を預ける。そのときに、腰に当たる硬いものの存在に気づいてしまった。烏城の欲望が反応しているのだ。

「……っ」

肌を粟立《あわ》たせ、背後の男を仰ぎ見る。無意識の媚《こび》を孕んだその表情に、行為に慣れた男も煽られる。

「……っ！　……んんっ！」

苦しい体勢でまた口づけられた。口腔を貪る舌の荒々しさに翻弄される。

「疲れているのはわかっているが、すまん」

そんな言葉が落とされて、「え？」と顔を上げると、湯船から引き上げられ、バスタオルに包まれた。足取りのおぼつかない身体を抱き上げて、寝室に運ばれる。

遥風のために用意された部屋ではない。烏城の寝室だ。

ドアを開けたとたん、烏城の匂《にお》いに包まれた気がした。

双子がこの部屋で暮らすようになって以降、烏城はここで煙草を吸わないいし、コロンなどもつけていない。だからこれといって特定の匂いはないはずなのに、それでも烏城の生活空間だとわかる。

ベッドに引き倒されて、上からのしかかられる。

膝を割られ、局部をあらわにされて、叫ぶ間もなく、兆す欲望を烏城の口腔にとらわれた。

「ひ……っ！　や……ぁっ！　あぁ……っ！」

指にしごかれたのとは、まるで違う快感だった。

遥風だって、まったくのはじめてではない。同性との行為など知らないが、異性となら人並みの経験がある。だから口淫《こういん》もまったくのはじめてではないのだけれど、烏城からもたらされる喜悦は、数えられるほどしかない経験と比べられるようなものではなかった。

きつく吸われ、腰の奥から熱い欲望が沸き立つ。もっと強く激しくしてほしくて、烏城の髪に指をすべらせ、後頭部をわしづかみにする。淫らにも、自ら腰を突き出して、もっととねだってしまう。

異性にされたときには、こんなものかとしか思わなかったのに。烏城から与えられる快楽は濃く激しく、遥風の肉体を翻弄する。

「放して……出る……っ！」

このままでは烏城の口腔に吐き出してしまう、と引きはがそうとしても、烏城は聞かなかった。全部出せというようにきつく吸って射精を促してくる。

「あ……あっ！　いく……っ！」

細腰をビクビクと跳ねさせて、遥風は烏城の口腔に白濁を吐き出した。

「は……ぁっ、……っ」

放埒の余韻に震える痩身に大きな手を這《は》わせて余韻を引き出し、白い肌に愛撫《あいぶ》痕を残す。

太腿をより大きく開かれ、遥風は朦朧とする思考で男を見上げた。

「う…じょ……？」

前から滴ったもののぬめりをかりて、烏城の長い指は後孔《こうこう》を暴きはじめる。そういう行為があることは知っているものの、もちろん経験などない遥風は、ぎょっと目を見開いた。

「やめ……っ！」

だが、後孔の入り口をほぐすように舐《ねぶ》られて、細腰が跳ねる。

「ひ……っ！」

指と舌とにほぐされて、襲う未知の感覚に、遥風はすすり泣いた。

「や……だ、むり……」

頭を振って身悶えても、烏城は許してくれない。「大丈夫だ」などと信用ならない言葉を返してくる。

だが、内壁をこすられ、感じる場所を刺激されて、突如襲った快楽に痩身が震えた。

「うそ……や、ぁっ、あぁっ！」

それまできつく烏城の指をしめつけていた場所が途端に潤んで、まるで誘うように烏城の指に絡みつく。

「ここが、いいんだろう？」

耳朶に低く甘い声が落とされる。

「う…そ、うそ……、ひ……っ！」

さわらないでと訴えても、聞き入れられるわけがない。

「もっとよくしてやる」

指が引き抜かれ、肌がざわめく。膝裏を支えられて、さらに大きく太腿が割り開かれる。

遥風を犯そうと、烏城自身が天を突いていた。

雄の力強さを湛えた長大なそれを目にして息を呑み、だが逃げる間もなく、蕩《とろ》けた後孔に突き立てられる。

「……っ！」

入り口をこじ開けた猛々しい欲望が、ズンッ！　と遥風の敏感な場所を犯す。

「ひ……っ！　痛……っ！」

抵抗を奪うためか、一気に最奥《さいおう》まで侵されて、遥風はシーツから浮くほどに背をしならせ、喉をのけぞらせた。

「や……っ！　あ……ぁっ！　ひ……ぁっ！」

根元まで突き立てられた凶暴な欲望が、遥風の肉体が馴染むのも待たず、律動を送り込みはじめる。

指と舌に蕩かされた場所を、荒々しく穿《うが》たれて、遥風は悲鳴にも似た嬌声《きょうせい》を迸《ほとばし》らせた。

「あ……あっ、奥……熱……いっ」

うわごとのように意味不明な言葉を吐き出しながら、穿つ動きに翻弄される。

縋るものを求めて、腕を伸ばした。

「つかまっていろ」

首に腕をまわすように促されて、ひしっと縋る。広い背に爪《つめ》が食い込む感触。

「烏…城さ……烏城……っ」

遥風の最奥を突き上げながら、烏城が「違うだろ」と訂正する。

「辰也…さん？」

これでいいのか？　と確認するように呼ぶと、「いい子だ」と額にキスを落とされた。

それが妙に嬉しくて、遥風はじわり…と涙を滲ませる。

「辰也さ……辰也さ…んっ」

広い背にしがみついて、名を呼んだ。

その間も、烏城の欲望は遥風の深い場所をえぐり、快感を送り込んでくる。

「あ……ぁっ、いい……っ！」

淫らな言葉は無意識のものだった。

「辰也さ……もっと……っ」

ねだる言葉も、意図してのものではない。完全に思考が蕩《とろ》かされた証拠だ。

「なにも知らない顔して……」

くそっと、烏城が耳元で毒づく。

遥風はただ必死に、広い背にしがみついているしかできない。

「ひ……っ！　あ……あっっ！　あっっ！　あ……んんっ！　――……っ！」

律動を早められ、肌と肌のぶつかる艶《なま》めかしい音が寝室に響く。

腹の底から恐ろしいほどの喜悦が沸き起こってきて、遥風は恐怖に震えた。

「く……る、怖…っ、ひ……っ！」

悲鳴とともに、遥風は欲望を弾《はじ》けさせた。白い胸にまで白濁が飛ぶ。つんととがった胸の飾りを汚したそれが、ひどく卑猥《ひわい》な光景をつくった。

内部に感じる烏城の猛《たけ》りが最奥をつく。

「――……っ！」

声にならない悲鳴を上げて、遥風は痩身を戦慄かせた。直後、耳元に低い呻きが落とされる。

「……っ」

最奥に弾ける熱い飛沫《しぶき》。それが烏城が吐き出したものだと気づいて、遥風は思考を白く染める。身体の内側から汚され背徳感に、蕩けた思考が焼き切れた。

「……っ、は……っ」

余韻に震える痩身を抱きしめ、烏城は吐き出したものを塗り込めるかのように、遥風の内部の感触を楽しむ。

「辰也……も、無理……」

「かわいそうだが、まだ離してやれないな」

「ど……して、なか……」

烏城の強直は、たしかに今さっき遥風のなかで弾けたはずなのに、いまだ硬度を保っている。

「う……そ」

驚愕に目を瞠る。

「いや……ぁっ、ひ……っ」

今度はじっくりと執拗《しつよう》に最奥を突かれえぐられて、遥風は深すぎる情欲にすすり泣く羽目に陥った。

もう無理、ダメだと言っても許されず、せっかくの事件解決後の休息日を、ほぼ一睡もできないままに、ベッドの上で翻弄されつづけた。

「ひとりにはさせない」

「辰…也？」

「いつか遥風から警官の職を奪ってしまう日がくるかもしれない。それでも、絶対にひとりにはしない。約束する」

もう大切な人を失う恐怖を抱えて生きていく必要はないという。

「ヤクザのくせに……」

いまだって、跡目争いの中心にいるくせに。

そうしてそんなことが言いきれるのか。ふざけるなと返したいのに、烏城が言うと、信じていいと思ってしまうからどうしようもない。

自分はこれほどまでに、姉夫婦を亡くしたショックに打ちひしがれていたのだと今更気づく。

幼い子どもの親代わりをしなくてはいけなくなって、泣いている場合ではないと通夜の席から思っていた。気丈に気を張っていた。

葬儀の日以来、ろくすっぽ泣いていないことに気づいた。

泣かなくてはダメだったのだ。

「辰也…さ……」

ひくっと喉を喘がせる。

「約束破ったら、針千本だからっ」

泣きながら言って、広い背にこれでもかと爪痕を刻み付ける。烏城はわずかに眉をしかめ、「心配無用だ」と不遜《ふそん》に返してきた。

「約束を破ったときには、もはや針は飲めないからな」

「バカ…っ」

遥風が大きな瞳に涙を浮かべると、烏城は「茶化しすぎたか」と笑う。「サドッ」となじると、「ご要望にはお応えしよう」と、つなげたままの欲望をゆるゆるとうごめかしはじめた。

「や……うそ、だめ……っ」

「遥風が悪い」

「ひ……ぁっ、あぁっ！」

何回身体をつないだのか。

半ば意識を飛ばして、気づいたときには、窓の外にはとっぷりと夜のとばりが落ちていた。

烏城の腕枕で熟睡していたのだと気づいて、硬い枕なのに寝心地が好かったことに首を傾げた。

ふたりの失敗は、夕食を一緒にとるために、いつもより早く双子が退園してくる予定になっていたのを、すっかり失念していたことだ。

玄関ドアの開く音がしたとき、ふたりはまだベッドのなかにいて、遥風は青くなってブランケットにもぐり込んだ。

烏城は「しまったな」と呟いて、カジュアルな部屋着に着替え、双子を出迎えに出て行った。

「ただいま！」

「はるちゃんは？」

遥風の出迎えがないのを訝る高い声が胸に痛い。

「遥風は寝ている。仕事明けだからな」

烏城はまるで動じることなく、双子に言葉を返している。

「夕飯にはおきてくるから、そのまえに手を洗ってうがいだ」

「はぁい！」

パタパタと洗面所へかけていく小さな足音。

烏城と子どもたちの、何気ないやりとりを聞いているうちに目頭が熱くなってきて、遥風は静かに枕を濡らした。

――姉さん、いいよね？

こんな形の幸せでもいいよね？

天国の姉夫婦に尋ねる。瞼の裏に焼き付けられた姉は、コクリと頷いてくれたような、そんな気がした。

エピローグ

姉夫婦が遺したマンションは、いずれ双子が住む家として残しておくことにして、ひとまず遥風と子どもたちは、烏城のマンションに居を移した。

いや、移したつもりはなかったのだが、ほとんど烏城のマンションで過ごす時間が増えて、事実上の同居のような恰好になってしまった、といったほうが正しいだろう。

遥風の仕事上、姉夫婦のマンションの住所を現住所のままにしておく必要があったのも、理由のひとつだ。

時間があるときはもちろん遥風が双子の面倒をみるのだけれど、捜査本部に組み込まれて多忙になると羽佐間を筆頭に組織の誰かが常に双子の傍にいて、面倒をみてくれる。

烏城曰《いわ》く、なかなか腹の据わった双子は、強面のヤクザ者に動じるどころか愛想を振りまいて、いまや烏駁組のアイドルだ。もちろん他言無用は徹底されている。

烏城は「情報屋として飼われているだけなのだ気にするな」と言うが、どう説明したって烏城のしているとは刑事の飼う情報源——エスの範疇を超えている。

「そんな屁理屈がとおるわけ……」

「だったら、さっそくいい情報をやろう」

いつ辞表を出す羽目になるか覚悟を決めて捜査に臨む今日この頃の遥風に、ある夜烏城が一通の封書を差し出した。

A4サイズのOA用紙が収まるどこにでもある事務封筒だ。社名などの印刷はない。

「……？　なんの情報ですか？」

こんな形に残るようなものを渡してくるなんて……と訝りつつ封筒のなかみをたしかめた遥風は、驚きに目を瞠った。

「こ……れ……」

民間の交通事故鑑定書と、いくつかの写真、データ。

「姉さんたちの事故の……」

写真のひとつに、姉夫婦の自損事故の現場を映したものがあった。今でも目にするだけで心臓が竦む。

「事故の責任を問うことはできないだろうが、ろくでもない走り屋のひとりだ。別件で挙げることはできるかもしれない」

かなり端折《はしょ》った説明をされて、遥風は慌てて書類をめくった。

姉夫婦が事故った夜、近郊で大規模な走り屋連中の集会があったこと。その参加車両と思しき車が映った防犯カメラの画像、参加者のリスト。そのなかに、警察官僚の子息の名がある事実。その愚息は、薬物使用などでも揉《も》み消しがはかられているらしいという情報まで。

「……っ！　これ…は……」

烏城に視線を向けると、「もみけされたんだろう」と返される。

「事実、ぶつかってはいないのかもしれない。だが危険運転のあおりを食って自損事故を引き起こしたと推察できる。ただし、物的証拠はない」

「……」

呆然と、烏城を見やった。

「これ、調べてくれて……」

「同日、その近くでうちの傘下の会合が行われていたことがわかって、なんでもいいから見てないか情報を上げさせたんだ。あとは有能な興信所の功績だ」

俺じゃない、と烏城は言う。

「ありがとうございます」

遥風は深く頭を下げた。

「姉さんたちの事故の件で罪は問えないかもしれないけど、余罪がたくさんありそうだし、やってみます」

明るく言う遥風に、今度は烏城のほうが驚く。

「相手は警察官僚の息子だぞ。できるのか？」

幹部にたてつくのか、と聞かれて、頷く。

「やる」

烏城は愉快気に口角を上げて、「たのもしいな」と笑った。

ふたりのためにコーヒーを淹れていた羽佐間が戻ってきて、「警察にいられなくなっても、問題ありませんな」と言葉をかけてくる。

「……？」

遥風が首を傾げると、羽佐間はおよそ冗談など言いそうにない強面をゆるませて「ぜひうちの組の姐に」などと言う。

「は？」

「いい考えだ」と烏城も笑って、遥風はカッと頬に血を昇らせた。

「やめませんよ、そんな簡単に！」

子どものためにも、公僕でいるのは益があるのだからと返す。

「ふたりだって、法を犯したら逮捕しますからね！」

多目になんてみない！　と訴えると、烏城はますます愉快そうに笑って、「なかなか気の利いた口説き文句だ」と、口角をニンマリと歪めた。

男の色香をまとった仕種に、ドクリと遥風の心臓が跳ねる。

——くそ……っ。

胸中で毒づくにとどめて、「口説いてません！」と拳を握った。

「遥風」

「なんですか」

羽佐間の美味しいコーヒーに舌鼓を打ちながらもそっぽを向く。その横顔に、「報酬はないのか」とまたも茶化した言葉が投げられて、遥風は「それは……っ」と言葉をまごつかせる。

先の調査に対する報酬は、いかほどが妥当なのだろう。

考えて、コーヒーカップをテーブルに置き、烏城の前に立つ。上体をかがめて、男の額にキスを落とす。

あまりの微笑ましさに、烏城がくくっと腹を抱えて、遥風は真っ赤になった。

騒動が聞こえたのか、「はるちゃん？」「ごほんよんで」と双子がベッドルームを出てくる。慌てて資料をしまって、けれどそちらに気を取られていた遥風は、烏城の不埒を止めるすべを持たなかった。

「……っ！　んんっ！」

双子の目の前での濃厚な口づけ。

子どもたちがポカンと見上げる。

「辰也！」

ふざけるな！　と繰り出した拳はやすやすと止められて、遥風の痩身は烏城の胸に包まれる。

それを見た双子が目を輝かせて、「わたしも！」「ぼくも！」と烏城の膝をよじ登ってくる。遥風に加えて惟と櫂にものっかられ、さすがの烏城も「重い」と呻く。

クスクスと笑う遥風の耳に、「幸せの重さだ」と、甘ったるい呟きが落とされた。

ヤクザと子育て

遊園地。

幼い子どものみならず、若いカップルや学生のグループなど、その場にそぐう人間にとっては夢の国だ。

数々のアトラクションに絶叫マシーン、キャラクターたちとの触れ合い。ここでしか食べられないスイーツなどのフードメニューも、訪れる楽しみのひとつといえる。一番の楽しみは、家族や友人、恋人と過ごす時間。

誰もが笑顔で、子どもを連れた大人たちも童心に返って、楽しむことのできる場所、笑顔になれる場所――それが遊園地。

そんな夢の国の一角、観覧車の足元のベンチで、端整な口元を真一文字に引き結んだ長身の男が、長い脚を持て余し気味に組んで、火のつけられない煙草《タバコ》を口の端に加えている姿は、一種異様に人目を引く。

ただ柄が悪いだけなら警備員に囲まれて終わるところだろうが、無駄に顔の造作が整っているのが、遠巻きにされチラチラと視線を向けられる要因になっていた。

仕立てのいいスリーピースに磨かれたウイングチップ、丈の長いコートに首にかけたマフラー。男性ファッション誌のグラビアに見るお手本のようなコーディネイトだが、グラビアを飾る男性モデルのように、女性を魅了する笑みを浮かべてもいなければ、かといってドヤ顔で前方に目線を向けているわけでもない。

手持無沙汰《ぶさた》に空を仰ぎ、ときおり観覧車の向かいにある小さな子どもでも乗れるアトラクションの出入り口に視線を向ける。

行動パターンとしては、休日に遊園地に付き合わされたお疲れ気味のパパ、といったところだが、男はそんな一般的な想像を払拭《ふっしょく》させて余りある風貌《ふうぼう》と雰囲気を醸していた。

マフィアの幹部にもヤクザの親分にも家族はあるのだろうから、こういう場にいてもおかしくはないのかもしれないが……なんて、妙に的を射た想像を、行き交う一般人に抱かせてしまう。

事実、男は、大きなヤクザ組織の組長だった。

若くして、大組織の中核に坐《ざ》する、生粋のヤクザ者だった。

そんな男が、一般人に紛れる恰好《かっこう》をしているのならまだしも、あからさまにそれっぽい恰好でこんな場所にいる理由。

好奇心に駆られた行き交う人々がいかに豊かに想像を働かせたところで、たぶん絶対にたどり着けない理由が、そこにはあった。

渋い顔で、でもどことなくそわそわと、強面《こわもて》の男がベンチに足を組んでいる理由とは――。

小さな子どもでも乗れる、ゆっくりと走るジェットコースターは、それなりに迫力があって、双子はおおはしゃぎだ。

「つぎ！　つぎはかんらんしゃね！」

ジェットコースターから降り立ったのも束《つか》の間《ま》、惟《ゆい》が遥風《はるか》の手を引っ張る。

「おじちゃん、いっしょにのってくれるかな」

意外と烏城《うじょう》に懐いている櫂《かい》が、この場に烏城がいないことに不服を訴える。遥風は「どうかな」と笑みで答えつつも、胸中で苦笑を滲《にじ》ませた。

「ゆうえんちにいきたい！」と双子が言い出したのは週半ばのことだった。

帳場が解散した直後で、今なら連れて行ってやれると判断した遥風は、いつ事件が起きるかしれない事情から、すぐに休暇届を出して公休を取り、双子には保育所を休ませた。

当然三人で行くつもりでいたのだが、それに異を唱えたのは言い出しっぺの双子だった。

「おじちゃんもいくの！」

「ポップコーンかってね」

夕食後、ソファでくつろいでいたところ、双子に膝《ひざ》によじ登られ、つぶらな瞳《ひとみ》でおねだりされて、烏城は低く唸《うな》った。

当然だろう。子どもたちの目にどう映っているかは別として、彼は泣く子も黙る極道だ。生まれたときからその世界で生きてきた生粋のヤクザ者に、幼稚園児の手を引いて遊園地に行けというのも酷な話ではないか。

ついうっかり、その光景を思い浮かべてしまって、烏城の隣で保育所からのお知らせのペーパーを読んでいた遥風は、「ぷっ」と噴き出してしまった。

「……おい」

低い声で威嚇《いかく》されても、もはや怖くもなんともない。こちとら桜の御紋を背負う身だ。

くくく……っと笑いをこらえる遥風を目を眇《すが》めてみやり、「おぼえてろ」と低く毒づく。「明日足腰立たなくしてやる」と耳朶《じだ》に囁《ささや》かれて、遥風はビクリッ！　と肩を揺らし、笑いをひっこめた。

この男がこういう声を出すときは、冗談では済まされない。本気だとすでに嫌というほどわかっている。有言実行は烏城の信条だ。

今夜は双子の部屋で絵本の読み聞かせをするふりで一緒に寝てしまうのが得策かもしれない。そのあとで寝室に連れ戻されるのもわかってはいるのだが、ささやかな抵抗だ。

「ゆうえんち！」

耀が鳥城の腕をゆする。

「はざまのおじちゃんにおべんとうつくってもらうの！」

鳥城のことは「おにいさん」と呼ばなくちゃ、と言う惟のなかで、羽佐間は「おじさん」認定確定のようだ。

鳥城のボディガードを兼ねた強面の右腕は、いつから保父さんになったのか。鳥城以上に、組の若衆に見せられないデレデレぶりを晒《さら》す側近を諫《いさ》める言葉を、鳥城は持ち合わせていない様子だ。そもそもは自分が招いた種だとわかっているからかもしれない。

「三人で行ってこい」

俺は仕事だ、と突き放す。

だが、遥風同様に鳥城をまったく怖がらない双子は、ある意味無敵だ。

「やだー」

「いっしょにいくー」

左右から鳥城の胸元にすがって、ワイシャツをひっぱる。

「こら、ひっぱるな」

たしなめても、双子は聞かない。

「じぇっとこーすたーにのるの！」

「かんらんしゃにのるの！」

上質なワイシャツの生地に皺《しわ》が寄るのもかまわず、双子はぐいぐいと引っ張る。幼児の力とはいっても、意外と強いものだ。あるいは烏城が力を抜いているのか、屈強な身体《からだ》がゆれる。それが面白《おもしろ》いのか、双子はますます強く引っ張る。

「観覧車はともかく、ジェットコースターはまだ無理だろ？」

「のれるもん！」

惟がぷうっと頬《ほお》を膨らませた。

「かんらんしゃ、いっしょにのるの！」

櫂がずずいっと烏城に迫る。

「はるちゃんがいればいいだろう？」

遥風が一緒ならそれでいいではないかと長嘆する男のかたくなさに、とうとう幼児ふたりは、大きな瞳を潤ませはじめた。

「ゆうえんち……」

「かんらんしゃ……」

ひくっと小さな背を震わせる。途端、鳥城の眉間《みけん》に深い皺が刻まれた。

「遥風」

なんとかしろと渋い声が助けを求めてくる。

「知りません」

遥風はつんっと突き放した。

あんな脅しをかけられたあとで、味方などできるわけがない。

「てめぇ……」

いい度胸だ、とすごまれても、遥風は折れなかった。

鳥城と一緒がいいと主張したいのは、なにも双子だけではない。遥風も、本音を言えば一緒に行きたい。

立場を考えれば、鳥城と自分が一緒に行動するのは危険が伴うとわかっている。鳥城の立場からもたらされる剣呑《けんのん》なものだけでなく、鳥城との関係が警察組織にばれる危険のほうがより高いと思われる。

それでも、鳥城に懐く子どもたちの感性を遥風は信じていたし、遥風自身、その危険をわかっていても、一緒に出掛けたい気持ちがあった。

「おにいちゃん」

惟が甘えた声で烏城を呼ぶ。

「……おじちゃんでいい」

無駄な気を遣うなと、烏城が疲れた声で応じた。

「運転手と荷物持ちはしてやる」

それ以上は期待するなと突き放した応え。それでも双子は、ぱぁぁ……っと顔を綻《ほころ》ばせて、「やったぁ！」と左右から烏城の首に抱き着く。小さな身体を片腕でそれぞれ受け止めて、烏城は嘆息しつつも口元に笑みを浮かべた。

なんだかんだいって、烏城は子ども好きだ。

だが、自分の子は持たないと決めて、特定のパートナーもつくらずにきた。そんな男が突然ふたりの子持ちになってしまったような状況で、戸惑い以上に幸福を感じてくれているのは遥風もわかっている。

「おべんとう！」

「おべんとう！」

烏城の約束をとりつけて、双子が騒ぎはじめる。

「えーっと、僕につくれるのはおむすびくらい……」

遥風がどうしようかな……と悩むまえに、双子は烏城が自宅で使うタブレット端末を持ち出してきて、メッセージアプリを立ち上げた。

羽佐間の名をタップして、「ゆうえんちのおべんとう」と打つ。

「いつの間に……」と呆《あき》れた顔で呟《つぶや》いたのは烏城で、側近と子どもたちが、メッセージアプリの可愛《かわい》らしいスタンプを使ってやりとりしていることを知らなかったようだ。

「羽佐間さん、お忙しいのに、ああしてあの子たちの相手をしてくれてるんです」

遥風の説明に、烏城は「ったく」と舌打つものの、怒っている様子はない。もしかして……と、遥風は烏城の耳元に囁く。

「ヤキモチですか?」

自分も可愛らしいスタンプを使って双子と会話してみたいとか?

遥風の指摘に、「この場で犯すぞ」と、子どもには聞かせられない返答がよこされる。「できるものならどうぞ」と挑発に挑発で返して、遥風は渋い顔の男の隣から腰を上げた。

保育所からのお知らせにあった必要なものをそろえ、双子の園児バッグに収める。

キッズケータイの充電と防犯ブザーの乾電池を確認して、園児服の皺も伸ばす。これも、羽佐間の使いの女性が、アイロンをかけたものを届けてくれた。帳場から解放された直後、寝不足を解消するのに精いっぱいでベッドに倒れ込んでいた遥風には、本当に助かった。

子ども部屋を出たところで、追いかけてきた烏城につかまる。

「ちょ……なに……」

有無を言わさず腰を抱かれ、広い胸に取り込まれた。

「う……んんっ！　や……っ、子ども…たち、が……っ」

「羽佐間がみる」

「いつの間に……っ」

驚く遥風に、弁当の相談をしろと子どもたちにも言い置いてきたと、しらっと返す烏城の目には、狩る者の光が宿る。

それを目にした途端、遥風の腰の奥に甘い疼《うず》きが宿った。

悔しいことに、すっかり烏城に慣らされた肉体は、求められると拒めないほどには、開発されている。

細腰を撫《な》でられ、口づけを深められてしまえば、なけなしの抵抗もかなわない。

廊下の壁に押さえ込まれ、男の太腿《ふともも》に膝を割られる。濃密な口づけに煽《あお》られた局部を刺激されて、遥風は甘ったるく喉《のど》を鳴らした。

ようやく口づけが解かれたときには、力の入らなくなった身体を烏城にあずけるばかりになっていて、荒い呼吸を懸命に整える。

帳場にカンヅメになっていた間、烏城とは電話越しに声を聞くことはあっても触れ合うことはなかった。まだ若い遥風の肉体は、認めたくはないが餓《う》えを訴えていた。それを認めることも、自分からねだることもできないでいることなど烏城にはお見通しで、拗《す》ねた態度をとったことへのお仕置きをされているのだと今更気づく。

「子どもたちのところへ戻るか？」

楽しそうに訊《き》かれて、遥風は間近に見下ろす獣じみた瞳を睨《にら》み上げる。遥風の反抗的な態度も可愛らしいと言わんばかりに額に口づけられて、観念した。「ベッド」と、短く要求を告げる。

羽佐間には申し訳ないが、もう我慢の限界だ。はやく烏城の熱を受け入れたい。でもその前に……。

「遊園地、どうしてもダメなら、僕からあの子たちに……」

烏城の立場を考えて提案すると、烏城は「そうじゃない」と口元に苦笑を刻んだ。

「ダメじゃねぇよ、俺はな。だが……」

自分と一緒では子どもたちが奇異の目で見られるかもしれないと、懸念を見せる。遥風は烏城の背に回した腕にぎゅっと力を込めた。

「あの子たちは、あなたが大好きなんです。気にしません」

遥風の言葉に、「そうか」と頷《うなず》く。

そのまま有無を言わさずベッドルームに連れ込まれ、この夜は……いや朝まで、遥風は烏城の腕のなかで泣かされることとなった。

少々のことでは、遥風も音を上げない。警察官として鍛えているのだから、多少無茶されたところでへたったりしない。

それでもさすがに、翌日の予定は考えてするものだ。朝、ベッドを降りようとして膝に力が入らなかったときには、反省する以上に怒りが湧いて、烏城にめいっぱい当たり散らした。


そんなこんなで今日、遥風と双子は遊園地にいるわけだが、三人の視線の先には、遊園地という場所に実に不似合いな男の姿。ベンチの真ん中に長い脚を組んで座っているだけなのだが、異様に目立っている。

「おじちゃん、かっこいいね」

どういうわけか感覚がずれているようにしか思えない櫂が言う。

「そ、そう?」

口元を引きつらせる遥風の一方で、櫂は「うん」と大きく頷いた。

「つぎはかんらんしゃ!」と、惟が駆け出す。

「あ！　危ないから！」

走らないで！　と遥風が追いかけるより早く、惟に気づいた烏城が視線を向ける。そして駆けてくる惟を抱きとめるべく腕を広げた。

「楽しかったか？」

惟を抱き上げて烏城が尋ねる。

「たのしかった！」

惟はツインテールを跳ねさせながら、烏城に抱き着いた。

「ぼくもー」

燿が駆け出そうとしたときだった。

「少しよろしいですか？」

進み出てきて烏城に声をかけたのは、二人組の警備員。とうとう誰かに通報されたか……と、遥風は恋人らしからぬ失礼なことを考える。

「失礼ですが、こちらのお嬢さんは娘さんですか？」

「奥様は？　おふたりだけですか？」

完全に不審者扱いだ。

烏城が懸念した、まさしく状況だが、まさか本当に職質――相手は民間の警備員だから職質とはいわないが——されるとは……。

だが、民間の警備会社には、元警察官の肩書を持つ人間が多い。退職後の再就職先として人気だからだ。所作を見る限り、ふたりのうち年配のほうは、たぶん元警察官と思われる。

烏城の眉間には深い皺。

一見、警備員に睨みをきかせているようにしか見えないが、その実ただ困り果てているだけであることは、遥風にはわかっている。いわんこっちゃない、と思っているのだろう。

少し、好奇心が湧いた。

助けないの？　と言いたげに、櫂が見上げてくるのをわかっていて、遥風は一歩を踏み出さない。

「お嬢ちゃん、この人はきみのお父さんかな？　それともおじさん？」

警備員に訊かれて、惟は思いきり不審そうな目を向けた。惟にとっては烏城を不審者扱いする警備員こそ不審者だ。

さてどうするだろうかと、傍観を決め込もうとした遥風の手から、櫂がするりと逃れて駆け出す。

「櫂!?」

止めるまえに、今度は櫂が烏城に飛びついた。

「おい、危ないぞ」

烏城に抱き着いた櫂が、ぎゅうっとしがみつく。それを真似《まね》るように惟も。

ふたりが自分をかばおうとしていることに気づいた烏城が、切れ長の目を瞬《またた》いた。そして苦笑を浮かべる。気恥ずかしさをかみ殺したようなそれを遠目に見て、遥風はぎゅっと胸元を押さえた。ドキドキと、鼓動が煩《うるさ》い。

厄介な相手に厄介な恋をしちゃったなぁ……と胸中で嘆息して、ゆったりと足を踏み出す。

「僕の連れに何かご用ですか？」

警備員とベンチに座る烏城との間に割って入る。

警備員は、双子と遥風の顔を見比べて、「お父さんですか？」と尋ねてきた。一目でわかるほどには、叔父と甥《おい》っ子姪《めい》っ子はよく似ている。

「叔父です。今はこの子たちの保護者です」

それが何か？　とニッコリ。

「いえ……」

警備員は気圧《けお》された様子で口ごもった。

「彼が何かしましたか？」

烏城が何かしたかと問う。警備員は視線を泳がせながらも、職務放棄はしなかった。

「失礼ですが、どういうご関係……」

若い叔父と双子。明らかに善良な組み合わせにそぐわない、危険の匂《にお》いをまとった男。納得しかねるのはわかるが、大きなお世話だ。

「説明の必要がありますか？」

プライベートなことだと、声音に憤りを滲ませる。

これ以上親子の時間を邪魔しないでほしいと警備員に背を向けて、遥風は双子を膝に抱いたまま一連のやり取りをうかがっていた男に視線を落とした。

愉快だ、とその目が言っている。

「行きましょう。次は観覧車に乗るんですって。高所恐怖症だなんて言わせませんよ」

「誰がだ」

両腕に双子を抱いたまま腰を上げた烏城に、遥風が寄り添う。

年嵩の警備員は「あ」と小さな声を上げて、野暮だとばかりに帽子をとり、頭を掻《か》いた。余計なことだったかもしれないが、なんだか黙っていられなかったのだ。

「なんですか？」

口元が笑ってますよ、と少し離れてから横を睨み上げる。

「いやぁ、さすがは俺の嫁だ」

なかなかの迫力だったと烏城が愉快そうに言う。

「誰が嫁だよっ」

軽く脛《すね》を蹴飛《けと》ばして、口をとがらせる。

「はるちゃんがおこってるよ」

櫂が烏城の頭にしがみつきながら言う。

「怒ってるんじゃない。拗ねてるんだ」

「すねてる？」

烏城の返答に、惟が首を傾《かし》げる。

「俺のことが好きで好きでたまらないんだとさ」

「バ……っ、何言って……っ」

真っ赤になって摑みかかろうにも、烏城の腕には双子が抱かれている。どうにもならなくて、遥風はぐっと奥歯をかみしめ、ふいっと一歩先を歩きはじめる。

「ああいうのを、拗ねてるっていうんだ」

よく覚えておけ、などと双子に余計なレクチャーをしてくれる。

「……それ以上余計なこと言ったら――」

「言ったら？」

いろいろおあずけだ！　と返そうとして、それこそ子どもの前で口にすることではないと気づき、ぐっと言葉を呑み込んだ。

烏城がニンマリと口角を上げる。

「ふたりとも、自分の足で歩いてくれるか？」

烏城が腕のなかの双子に請う。

「なんで？」

「どうして？」

抱っこしててほしいと訴える双子に、烏城はまたとんでもないことを言った。

「俺は今、はるちゃんを抱きしめたい」

烏城の訴えに「は？」を目を白黒させる遥風の一方、双子は頷いて、ぴょんぴょんっと烏城の腕から飛び降りた。そして、たたっと駆けてきて、遥風の足にしがみつく。逃がすまいとしているのだ。

すっかり双子を懐柔した憎らしい男の腕にあっさりつかまって、遥風は多くの人が行き交う遊園地の一角で、烏城の腕にとらわれる。

「ちょ……っ」

腰に腕を回し、全身を預けろというように引き寄せられて、遥風はすっぽりと広い胸に包まれた。

「ここをどこだと……」

「遊園地だな」

「わかってるなら……」

「可愛いことをしてくれる遥風が悪い」

「僕は何も……」

「今夜も覚悟しておけ」

「……っ」

耳朶に甘く囁かれて、カッと頬に朱が上る。「夕べもあんなにしたのに……」とボソッと呟くと、

「足りんな」と返される。

「いい歳して……」

「枯れるよりはいいだろう？」

若い遥風を満足させなくてはならないのだからと、まるで遥風のほうがねだっているかのように言われて、今一度脛を蹴飛ばしてやろうとしたのに、右足には櫂がしがみついていて出来なかった。

ヤクザ者は精力的だと噂《うわさ》には聞いていたけれど、それを我が身でたしかめることになるとは思わなかった。

「ほしい情報なら、いくらでも手に入れてやる」

「密輸組織の情報も政治家の汚職疑惑もいりません。僕は一課の刑事です」

でも……。

烏駿組の情報網は恐ろしく、遥風がねだればきっと、烏城はどんな情報も手に入れてくれるだろう。

「報酬でこうしてるんじゃありません」

それこそ拗ねた口調で訴える。

「そうか」

短い応《いら》えに、なんかもっとほかに言うことはないのかと文句を言おうと顔を上げようとすると、後頭部を押さえ込むように、肩口に戻された。

「烏城……？」

「しばらくこうしてろ」

声音を聞いて、もしや……と思う。

「脂下がった声」

指摘してやると、喉で愉快そうな笑いが転がる。

「顔は見られたもんじゃないだろう。だからもうしばらくこうしていろ」

脂下《やにさ》がった顔を遥風に見せたくないという。

「すごく注目浴びている気がするんですけど」

「茄子《なす》かカボチャとでも思ってりゃいい」

遥風の一言に脂下がるのに、周囲の視線は気にならないのか。

「僕は恥ずかしいです」

「いやか？」

「いやだとは言ってません」

声音に不服を滲ませると、またも烏城は「そうか」と言って、腰に回した腕で遥風の身体をゆすった。小さな子をあやすようなやり方に、一瞬ムッとして、でもすぐにクスッと笑いが零《こぼ》れる。

ぬくぬくと烏城の腕に抱かれていたら、焦《じ》れた双子が下からコートの裾《すそ》を引っ張ってきた。

「はるちゃん、おべんとう！」

「はるちゃん、おなかすいた！」

言われて、そろそろランチタイムだと気づく。

「羽佐間さんが用意してくれたお弁当食べようか」

烏城の腕の囲いを解いて、しゃがみ込む。双子は「うん！」と大きく頷いた。

「櫂、肩車してやろう」

烏城が櫂をひょいっと抱き上げる。それを見た惟が、遥風に腕を伸ばしてくる。

惟はスカートだから、裾に気を付けつつ、抱き上げてやる。

遥風の両腕が塞《ふさ》がるタイミングを見計らっていたかのように、烏城がまたも腰を引き寄せる。

「なに……」

問いかけた唇に触れる熱。

こんな場所で、すぐ横に惟の視線もあるのに、口づけられて、遥風はカッと頬に血を昇らせた。

――が、もはや文句の言葉も探せない。

「はるちゃん、なかよし」

燿が烏城の頭にしがみつきながら遥風の顔をのぞき込んでくる。

「ばかね、あいしあってるっていうのよ！」

惟のこまっしゃくれた指摘に、遥風は頭のてっぺんから湯気が出そうな気持ちで、「かんべんして」と呟く。

「惟はかしこいな」

ひょうひょうと言う烏城を睨んで、「お弁当食べる場所確保してください」と、脛を蹴るふりをする。

「燿、見えるか？」

肩車をされた燿が、「あっち！」と指さす。たしかにその方向に、ベンチの並んだ広場があるのを、遥風は園内マップを見て覚えていた。

「おべんとう！」

「おべんとうー！」

はしゃぐ双子をなだめつつ、並んで足を向ける。

行きすぎる女性のグループが、足を止めて烏城を振り返った。

「やだ、イケメン」

「子連れ？　やーん、残念！」

「でもさ、一緒にいるのって……」

囁き合う声を背に、遥風は烏城の隣に並ぶ。

いつ呼び出しがかかるかしれない。だからこそ、今この瞬間を大切にしたい。

遥風の呟きに、「ゾウさん！」「トラさん！」とはしゃぐ双子の一方で、烏城は勘弁しろと言いたげに眉間に皺を刻む。

「次は動物園かな」

クスクス笑いを止められないでいると、「よほどお仕置きされたいらしいな」と耳朶に低く囁かれて、遥風は目尻《めじり》を赤く染めながらも、傍らの男を睨み上げた。

あとがき

こんにちは、妃川螢《ひめかわほたる》です。

拙作をお手にとっていただき、ありがとうございます。

今回のテーマは、〝強面ヤクザの子育て奮闘記〟……じゃない(笑)、〝新米刑事の子育て奮闘記 with ヤクザ〟です。

子どもに翻弄される強面攻めキャラとか、そんな攻めキャラの意外な一面を見てときめいちゃう受けキャラとか、王道中の王道、ど定番ですが、やはり何作書いても可愛いものは可愛いですね。

お子さまキャラが登場する場合、男の子を書くことが多いのですが、今回は二卵性の双子ちゃんにご登場いただきました。女の子は元気でお話を動かしてくれるし、男の子には小動物的可愛さがあります。

鬼瓦のような強面のオッサン(羽佐間《はざま》のこと?)が小さい子どもや動物にデレデレになっている姿は微笑ましくて、こちらも書いていて楽しい組み合わせです。

イラストを担当してくださいました麻生海《あそうかい》先生、お忙しいなか素敵なキャラたちをありがとうございました。

まだラフしか見ていないのですが、お子さま連れの強面ヤクザがどんなふうに仕上がってくるか、今からとても楽しみです。

お忙しいとは思いますが、機会がありましたら、またご一緒させていただけたら嬉しいです。

妃川の今後の活動情報に関しては、ブログをご参照ください。

http://himekawa.sblo.jp/

Twitterアカウントもあるにはあるのですが、システムがまったく理解できないまま、ブログ記事が連動投稿される設定だけして、以降放置されております。いただいたコメントを読むことはできるのですが、それ以外の使い方がさっぱり……。

そんな状態ですが、ブログの更新のチェックには使えると思いますので、それでもよろしければフォローしてやってください。

無反応に見えても、返し方がわからないだけなのだな……と、大目に見てくださいね。

@HimekawaHotaru

皆様のお声だけが執筆の糧です。ご意見ご感想等、気軽にお聞かせいただけると嬉しいです。

それでは、また。どこかでお会いしましょう。

二〇一六年十二月吉日　妃川螢

この本を読んでの
ご意見・ご感想を
お寄せ下さい。

〒151-0051
東京都渋谷区千駄ヶ谷4-9-7
(株)幻冬舎コミックス　リンクス編集部
「妃川《ひめかわ》 螢《ほたる》先生」係／「麻生《あそう》 海《かい》先生」係

リンクス ロマンス

ヤクザに嫁入り

2016年12月31日　第1刷発行

著者……………妃川《ひめかわ》 螢《ほたる》
発行人…………石原正康
発行元…………株式会社　幻冬舎コミックス
〒151-0051　東京都渋谷区千駄ヶ谷4-9-7
TEL 03-5411-6431（編集）
発売元…………株式会社　幻冬舎
〒151-0051　東京都渋谷区千駄ヶ谷4-9-7
TEL 03-5411-6222（営業）
振替00120-8-767643
印刷・製本所…共同印刷株式会社
検印廃止

ISBN978-4-344-83870-3 C0293
Printed in Japan

幻冬舎コミックスホームページ　http://www.gentosha-comics.net

本作品はフィクションです。実在の人物・団体・事件などには関係ありません。